rúf　原作

結宇糸 with Flying Shine シナリオチーム　著

真木八尋　原画

PARADIGM　NOVELS 132

登場人物

美樹本《みきもと》　俊貴《としき》

ジャーナリスト志望の学生。学内最有力派閥の大張のグループに属し、彼らの行うイジメの内容を『贖罪新聞』として発行している。

平松《ひらまつ》　七瀬《ななせ》　内気でおとなしい少女だが、男子生徒の密かな憧れの的。父親が殺人犯のためイジメを受ける。

結城《ゆうき》　まどか　勉強·運動万能の優等生で七瀬の親友。明るい性格で、誰からも好かれている。小説を書くのが趣味。

西野《にしの》　さつき　七瀬たちの後輩で、学園内“妹にしたいナンバー1”少女。人なつっこい性格だが、実はブラコン。

相澤《あいざわ》　成美《なるみ》　まどかの同級生。いつも自分が一番でないと気がすまないため、人気者のまどかを嫌っている。

第二話　さつき

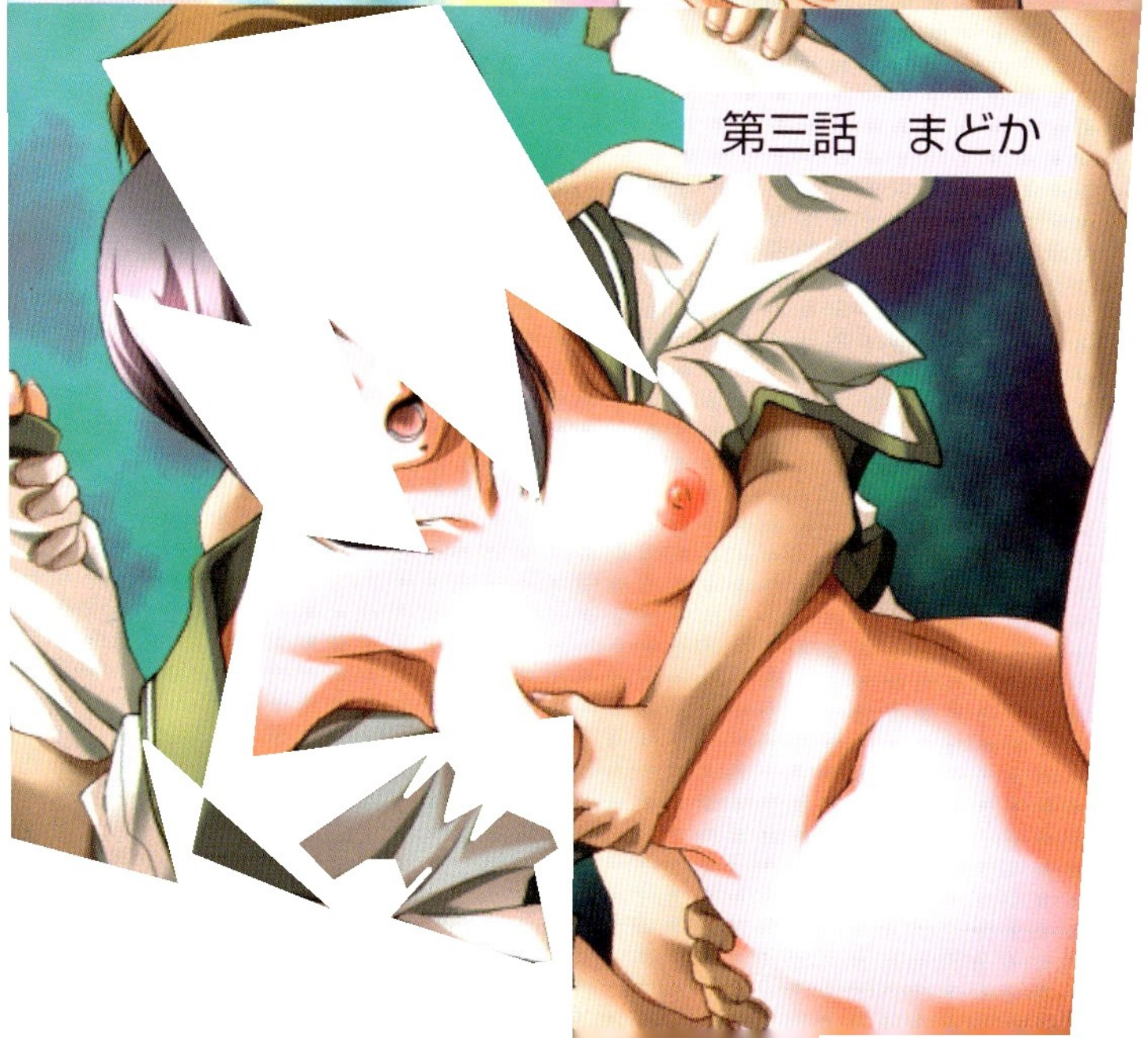
第三話　まどか

目次

プロローグ

２０００年12月10日（日）　美樹本俊貴《みきもととしき》［自宅・自室］　午後10時42分

机の上にはたった今読み終えたばかりの本が置かれている。

俺《おれ》はその本を見つめながら、しばらく読後の余韻に浸っていた。

おもむろに手を伸ばすと、後ろから捲《ま》き戻《もど》すように巻末から巻頭にむけてページをめくり始めた。中身を読むわけではなく、読んでいたときの感覚を思い出すかのように。

とあるページで手が止まった。

そのページには一枚の写真が載っていて、写真にはこの本の著者である一人の男性が写っていた。


『結城偵史《ゆうきさだふみ》』

その世界では有名なフリーのジャーナリスト。

どの雑誌社にも新聞社にも属さず、ただスクープだけを追い続けるその生き方に、俺は密《ひそ》かに憧《あこが》れていた。

今日、俺はその憧れの人物に出会った。とは言っても直接話をしたりしたわけじゃない。出会ったと言うよりは見かけたと言ったほうが近いのかもしれない。それでも、俺にとっては十分過ぎるほど刺激的な出来事だった。

プロローグ

学校が休みの今日、特に予定もなかった俺は、ちょっとした思いつきでこの本の中に書いてある彼の馴染《なじ》みの店に行ってみようと思った。

『うたたね』という名前のその店を見つけるまで思っていたより時間を使ってしまったが、その苦労は予想外の人物の登場によって報われた。

扉を開けて入ってきたその人物を目にした瞬間、背筋を冷たいものでなぞられたようにぞくりとした感触が走った。

鋭く研ぎ澄まされた目。

写真で見るよりもはるかに強烈な存在感。

それはまさしく結城偵史本人だった。

憧れている人物と同じものを共有したい。そんな理由でやってきたのだが、まさか本人が登場するとは思わなかった。

俺は本を読む振りをしながら結城のことを観察した。俺が見ていることには気付いていなかったと思うが、もしかしたらわかっていて無視していたのかもしれない。何度かこちらを振り返るような仕草をしていた。

彼が店を出ていった後、俺はしばらくその場から動かなかった。憧れのジャーナリスト、結城偵史と同じ空間を共有していたということをあらためて実感していた。

俺も、将来はジャーナリストになろうと思っている。

思えば、俺がそう思い始めたのも結城偵史の著書を読んでからだった。

結城偵史という人物に惹《ひ》かれる思いと、ジャーナリストという生き方に憧れる思い。そのどちらを先に感じたのかはハッキリと思い出せない。

どちらにしろ、結城偵史という人物に大きな影響を受けているのは確かだった。

俺はまたページをさかのぼり始めた。

巻頭まで戻ると、そこに書いてある一文に目がとまる。

『最愛の娘、まどかに捧《ささ》ぐ』

結城の著書には必ず書かれている一文だった。

結城・娘・まどか……。

それらの単語を組み合わせた途端、奇妙な胸騒ぎを覚えた。

同日　結城まどか［自宅・自室］　午後11時54分

時計を見ると、もうすぐ日付の変わる時刻だった。

「もうこんな時間なんだ……」

誰《だれ》に言うでもなく小さく呟いたまどかは、机の上に開きっぱなしになっているノートに目を戻した。

途中までページを埋め尽くしている文字は、この数時間一文字も増えていない。

プロローグ

「今日は全然進まないなぁ……もう寝ようかな」

指先で愛用のペンを弄びながら溜息《ためいき》を吐《つ》いた。


まどかは小説を書くのが密かな趣味だった。でも、そのことは誰にも言っていない。

学校では明るく活発な女の子として知られているまどかが趣味で小説を書いているなんて、知られてはいけないことだった。

ただ一人を除いては。

その一人とは、平松七瀬《ひらまつななせ》。同じ私立明美《めいび》学院の学生でまどかの親友。

友達はたくさんいるけれど、親友と呼べるのは七瀬だけだった。

七瀬には隠し事はしなかったし、自分の事を知って欲しかった。だから、小説を書くという趣味も話した。

以前はよく、書いた小説を読んでもらって感想をもらうというやりとりをやっていた。

ここしばらくの間いろいろと忙しくて書いていなかったけど、最近また書き始めた。

これが書き終わったら、また七瀬に読んでもらおうと思っている。

七瀬の感想は、鋭くて的確だ。

普段はとても大人《おとな》しくてどこかぼんやりしている雰囲気の彼女だけど、本当はとても鋭くて感受性の強い女の子だ。

そして、内に秘めた強さがある。その辺も、まどかが七瀬に惹かれる要因でもあった。

「今頃《いまごろ》、なにしてるのかなぁ……」

椅子《いす》の背もたれに大きく寄り掛かりながらまどかは呟《つぶや》いた。

もう寝てるのだろうか。

目を閉じると、彼女の安らかな寝顔が頭に浮かんできた。

「ふふっ……」

思わず笑い声が零《こぼ》れる。少しだけ、気分が軽くなった感じがした。

「もうちょっと、頑張ろうかな」

まどかは椅子に寄り掛けていた体を起きあがらせると、ペンを握り直した。


2000年12月11日（月）　美樹本俊貴　[私立明美学院・階段踊り場]　午後3時42分

ここから見える景色は、もう夕焼けの色に染まっていた。

家路につく学生たちが、慌ただしく階段を駆けていく。

同じクラスの大張義行《おおばりよしゆき》に呼ばれ、俺と数人の仲間たちは階段の踊り場に集まっていた。

だが、俺たちを呼び出した当の本人はなかなか口を開こうとしない。

他《ほか》の男子たちは、なにか言いたそうにそわそわしていたが、俺はとりあえず窓の外に目を向けていた。今日は早く帰っても特別することがあるわけではなかった。

「平松七瀬がいるだろう。あいつの父親が、人を殺したんだよ」

唐突に大張の声が聞こえた。その声に中を振り返る。話を聞いた男子たちは全身を硬直させていた。同級生のうわさ話にしては物騒な話だ。

「今日はまだ、新聞でも大きく扱っていないからな。でも、いずればれることになる」

大張の言葉に、男子たちは頷《うなず》き、お互いに顔を見合わせた。大張の言いたいことに気付いたのだろう。

「いじめられるぜ、絶対」

「ああ。だったら俺たちで……」

「じゃあ、決まりだな」

意見がまとまるのは早かった。大張が事を決定すると階段の踊り場に男子たちの下卑た笑いが広がった。俺はその流れについていけず、ただその様子を見ていた。

「おい、お前ちょっと行って引っ張って来いよ」

大張が俺に向かって言った。俺はなにも言わずに頷いた。

同日　美樹本俊貴［私立明美学院・三年B組教室］　午後3時52分

教室の中には人の気配がしなかった。

一瞬誰もいないのかと思ったが、すぐに勘違いだと気付いた。教室には一人の学生が残っていた。たった一人、平松七瀬が自分の席に座っていた。

まるで窓から差し込む西日にとけ込んでいるような、うっかりしていると見失ってしまいそうなほど儚《はかな》い存在に見えた。思わず目を凝らしてしまう。

視線に気付いたのか、ふと平松が俺のほうを振り返った。一瞬目が合ったが、平松は俺の存在などなかったかのようにそのまま視線を戻した。

俺は教室の中へと足を踏み入れ、そのまま平松の机の前に立った。

平松は明らかに俺の存在を無視していた。

「よぉ」

教科書やノートを鞄《かばん》に詰めている平松に声をかけた。

「……なに?」

答えは返ってきたが、相変わらずこちらを見ようとはしない。

長い長い沈黙。

俺は自分の表情が歪《ゆが》んでいくのがわかった。なぜかはわからない。

しばらくして、ゆっくりと平松が顔を上げた。俺の顔を見て息を呑《の》む。

「よお、お前に話があるんだ。そんな態度はないと思うぜ」

平松はじっと俺の顔を見つめていた。心なしか怯《おび》えているようにも見える。

「ふふ、びびることはないって。ただ、俺の言うとおりにしてくれればいいんだ」

プロローグ

「どうして、あなたの言うとおりにしないとならないの？」

今度は即座に返答がくる。まるでからかわれているような気がして、急に怒りがこみ上げてきた。俺はなんとしても平松を連れて行かなければならない立場なのだ。

気付くと手が伸びていた。その手が平松の髪を掴《つか》み強引に自分のほうへ引き寄せる。

「こっちが下手《へた》に出ていれば調子に乗りやがって……人殺しの子供がっ!!」

その言葉に平松がピクリと反応を見せた、ような気がした。

たたみかけるチャンスか……。

俺は冷静さを取り戻していた。

「黙って言うことを聞けばいいんだよ」

「……だから、どうして」

震えた声が返ってきた。あと一押し……そう思い、とどめになるはずの言葉を発する。

「言うことを聞かないと、言いふらすぞ」

「いいよ、ばらしても。ばらしたければ、ばらせばいいじゃない」

「ぐっ……」

平松の反応は予想外のもので、俺は言葉を詰まらせるしかなかった。取り戻した冷静さが再びはじき飛ばされる。

「うるせえ」

掴んでいた髪を更に引っ張り、自分の顔に引きつけた。平松の顔がほんの鼻先まで迫る。

俺はまた息を呑んだ。自分が妙に興奮しているのに気付いた。なぜここまで興奮しているのだろうか……それは、自分でもわからなかった。

「少しは反省しろってんだよぉ。お前のおやじの罪を贖《あがな》えってんだ」

罪を贖う。

贖罪《しょくざい》。

犯した罪を償うために、身をもって贖うこと。

「俺たちの言うことを聞けば、贖罪ができるぜ」

言葉を続けるうちに、再び冷静さが戻ってきたらしい。思ったより落ち着いた声だった。

平松はなにも答えなかった。見ると、瞳《ひとみ》があちこちに揺れ動いていた。

「俺たちの言うことを聞くんだ」

俺は再びたたみこむように言葉を続けた。

少しすると、さっきまであちこちをさまよっていた平松の視線が俺を見つめてきた。

力強い視線……吸い込まれそうな、という表現がぴったりだと思った。実際、俺の意識は吸い込まれていたかもしれない。

それを引き戻したのは、平松の言葉だった。

「わかりました。あなたたちの言うことを聞きます。罪を贖うため……贖罪のために」

第一話　平松七瀬

２０００年12月11日（月）　平松七瀬［私立明美学院・三階空き教室］　午後5時15分

薄暗くてカビ臭い部屋だった。

乱雑に積み上げられた机や椅子《いす》、なにに使うのかわからない用具や、ほこりにまみれた書類入れまである。

普段は使用されていない教室。そこに私《わたし》は連れてこられていた。

教室の中には、数名の男子たちが待っていた。見覚えのある顔たち。みんな同じクラスの男子だった。

私が教室に入ると、男子たちは私のほうをみながらお互いになにかを言い合っていたが、その後、私の存在を無視するように輪を作り、みんなで小さな棒のようなものを引き始めた。どうやら、くじ引きしているらしい。

「やりぃ、俺《おれ》一番ね」

突然、一人の男子が陽気な声をあげた。大張という名前の男子だ。いつも男子たちの中心に立っているのを覚えている。

「くそお、俺、処女とやったことねぇから、やりたかったな」

「まあ、そのうち後輩でも引っかけて、適当にやっちまうんだな」

「仕方ねぇなぁ、そのかわり、口は俺がもらうぜ」

「いいよ、じゃあ、一緒にやるか」

「ふふふ」

誰《だれ》かの不気味な笑い声と同時に、男子たちが一斉に私のほうを振り返った。

「平松さん、じゃあ、こっちに来て俺たちの言うとおりにしてもらうよ」

「……」

私は無言でその言葉に従った。

そのために、ここに来たのだから。

「なにをされるか、もうわかってるよな」

「……」

無言のまま頷《うなず》いた。

「ふふ、贖罪《しょくざい》のために、たっぷり俺たちに奉仕しな」

私は男子たちの手によってあっという間に服を脱がされ、あっけなく処女を失った。

同日　平松七瀬　［私立明美学院・三階空き教室］　午後5時40分

教室には、絶え間なくいやらしい音が響いていた。

「……あっ……ぁっ……っ……うんっ……」

「こいつ感じてるぜ」

「さっき処女を失ったばかりだっていうのに、淫乱《いんらん》なことで、はははははは」

私が声をあげると、男子たちが嬉《うれ》しそうにそんなことを言ってくる。

そして、更に激しくペ○スを突き出してくる。

私は、男子たちの行為を受け入れた。私はすべてを受け入れなくてはならないのだから。

「お前ばっかり感じてないで、もっと、ちゃんとしゃぶるんだよ」

突然、口に入れている男子が腰を前に突き出した。

ペ○スの先端が喉《のど》の入り口に当たる。

嘔吐感《おうとかん》がこみ上げてくる。

「ううっ……」

でも私は、口の中のペ○スを舌で包み込むように舐《な》めあげた。

その途端に男子の腰が小さく震えた。

「うっ……そうだよ。やればできるじゃねぇか、平松」

そう言いながら、その男子は小さく腰を前後に振り出した。ペ○スの先端から少しずつ生暖かい液体が溢《あふ》れてきている。

「人殺しの子供のくせに、学校に来やがって」

「ふふ、いいんじゃないの。おかげで俺たちは七瀬ちゃんとセックスできるんだし……ねぇ、七瀬ちゃん」

今、私の体を蹂躙《じゅうりん》している二人がそんなことを言う。

人殺し……人殺し……人を殺す……殺す……殺した……。

昨日までは、ただのクラスメートだった男子たちの言葉が、私の心に突き刺さる。

でも、なにを言われてもいい。

それも、贖罪になる。

私は贖罪をしなければならない……。

私のすべてを捧《ささ》げて、罪を贖《あがな》わなければ……。

私は夢中でペ○スをしゃぶり、自分から腰を動かし始めた。

「やっと、やる気が出てきたね、平松さん」

まわりで見ていた男子たちの一人がそう言った。

その言葉に、男子たちの薄笑いが続く。

その笑いに包まれながら、私はペ○スに奉仕を続けた。

「もうダメだ、俺。出すぞ……くうっ……」

口に入れている男子に頭を押さえつけられたかと思うと、いきなり口の中に大量の精液が撒《ま》き散《ち》らされた。

「ううっ……」

「おらっ、出すんじゃないぞ。すべて飲むんだ。これも贖罪のためだ」

私は、無意識のうちに男子の言葉に反応していた。

贖罪。

その言葉を聞いた私は、口の中の精液をゆっくりと飲み込んだ。

粘ついた感触が喉を通っていく。気持ち悪いはずなのに……なぜかそんな感じはしなかった。

私が言われたとおり精液を飲み込んだことに満足したのか、さっきまで口に入れていた男子は私から離れていった。

その途端、あそこに挿入されているペ○スが存在感を増した。こちらの男子も、気持ちよくしてあげなければならない……そう思うと、自然に腰が動き、膣《ちつ》がペ○スを締め付けるのがわかった。

「いいよ、七瀬ちゃん」

「なにが七瀬ちゃんだよ。さっさと代われ、バカ」

「うるせぇんだよ。俺は七瀬ちゃんと一度やりたかったんだ。その感動を味わってるんだから、邪魔すんな」

「なにを言ってるんだか……」

そう言った男子が、私の口にペ○スを突き入れてきた。

「じゃあ、今度は俺のを舐めるんだ。まだ、たくさんいるんだ、さっさとしてくれよ」

そう言いながら、腰を前後に振り始めた。

口とあそこに挿入されているペ〇スはお互いにバラバラのタイミングで私に刺激を与えてくる。

感じてはいけない……。

感じてしまえば、贖罪ではなくなってしまう。

「ああっ……」

でも、ペ〇スを入れられたままの口から声が溢れ出した。

私の体は男子たちから与えられる刺激に勝手に反応していた。

もう、どうしようもないのかもしれない。

「ふふ、マジで感じてるな、コイツ。変態マゾ女だな」

「ふふ、なにしろ人殺しの子供だ。変態に決まってる」

「それもそうだ。だから、俺たちが罪を贖わせてやってるんだ」

罪を贖《あがな》う。

そう、私は罪を贖うために、もっと男子たちに蹂躙されなければならない。

もっと……もっと……。

「出すぞ、もっと締め付けろ」

あそこに挿入している男子の動きが更に激しさを増す。

そして、ペ〇スをひときわ大きく膣に突き込むと、腰を上に突き上げるようにして、精子を放った。

「ぁうっ、ぁぁぁぁっ……」

膣の中が精液の感触で満たされる。

私は、意識が白濁していくのを感じていた。

ダメ……。

感じたらダメ……ダメなのに……。

でも、私の意識とは関係なく、体は絶頂へと登り詰めようとしていた。

どうすることもできず、私はそれが最後の抵抗であるかのように意識を閉ざすことにした。

同日　美樹本俊貴〔自宅・自室〕　午後9時13分

俺はベッドに寝転がって、今日のことを考えていた。

あれから、俺たちは全員が満足するまで平松を犯し続けた。

平松が気を失っても構うことなくその体を蹂躙していった。

どうやら、密《ひそ》かに平松に憧《あこが》れていた男子が結構いるようだった。そのせいだろうか、今まで何度か行われてきた同様のイジメ行為の時よりも、男子たちの興奮の度合いが大きかった気がする。ぎらついた欲望のオーラが目に見える気がした。そういう俺も、人の事は言えないかもしれないが……。

　大張も今日はどこか浮かれているように見えた。

　確か以前、大張が平松のことを好きだと言っていたのを聞いた覚えがある。だからだろうか。

　とにかく、今日から平松に対するイジメが始まった。帰りに大張が贖罪新聞を使ってイジメを進めていくということを俺に伝えてきた。

　贖罪新聞。

　私立明美学院に残っている伝統のひとつ。

　前に古い教師から聞いた話では、元々は学生たちのいたずらや生活態度の乱れを戒めるために教師たちの手によって作られていたものらしい。

　だが学生たちやその親たちに猛烈な反対をうけ、早々と廃止されてしまったという。

　それが学生たちの間でイジメの道具として復活し、今でも受け継がれている。

　大張が伝えてきたのは、俺に贖罪新聞を作れということだった。大張グループの中で一番まともにパソコンを使えるのが俺だからだろう。

　今日はなんの用意もしていなかったから贖罪新聞を作るための素材がない。もちろん文字だけのものでも構わないのだが、それではやはりつまらない。

　どうせ作るのならばもっと効果的にやりたい。

贖罪新聞は明美学院の学生たちにとって絶大な力を持つメディアだ。

『なおこの新聞は読後焼却のこと。もしもクラス以外の関係者にこのことを漏らした場合、その人物は贖罪されるであろう。注意されたい。（贖罪新聞編集者）』

贖罪新聞の最後には決まってこう書いてある。

知らない人にとっては単なる悪ふざけのように見えるかもしれないが、これは冗談ではない。

実際、この決まりを破って贖罪させられた人物を何人か知っている。

そうした事実があるから、学生たちは贖罪新聞に書かれていることには逆らわない。

その贖罪新聞を俺が作る。

贖罪新聞を使って学生たちを動かしていく。

ふふ……楽しくなりそうだ。


２０００年12月12日（火）　美樹本俊貴［私立明美学院・教室前廊下］　午前8時05分

自分の席に腰をかけて、教室を見回した。

俺の他《ほか》にはまだ誰もきていないがそれも当然のことだった。まだこんな時間なんだから。

俺は、早く来すぎたことを少し悔やんだ。

これからの事を考えて興奮していたんだろうか、昨日はやけに寝付きが悪く、更には中途半端な時間に目が覚めてしまった。

こんな時間に学校に来ても、今日はこれといってすることがない。

保健室にでもいって寝ていようか。

そんなことを考えていたら、ふいに教室の扉を開く音がした。

誰か来た？　ごく自然な興味をもって扉に目を向けると、そこには目を見開いてこちらを見ている一人の女子学生がいた。

俺がいることに、というよりはこの教室に人がいることに驚いているようだ。

「あっ……なな、じゃないいや、平松先輩って、まだ来てないですか？」

少しの間あっけにとられたようにしていたその女子が早口で尋ねてきた。

俺は無言で小さく頷いた。

「じゃあ、いいです。ごめんなさい」

そう言い残すと、慌てるように扉を閉じていった。駆け足で遠ざかる音が聞こえてくる。

なんだったんだろう？

見覚えのある顔だったが……ああ、そうだ、この学院で妹にしたいナンバーワンとか言われている後輩だ。確か西野《にしの》さつきとかいう名前だ。

平松になんの用だったんだろう。あまり繋《つな》がりがあるような間には見えないが……。

いや、そう言えば前にも平松と西野さつきが一緒にいるのを見たことがあったな。

大人《おとな》しくて目立たない平松が後輩と戯《たわむ》れている（というよりは一方的に懐かれている様子だったが）というのが妙に不思議な光景に見えて、なんとなく記憶に残っていた。

確か平松はなにかの委員会に入っていたはずだから、その辺の繋がりだろうか。

まあ、俺にはあまり関係のない話か……。

俺はしばらく靴音の聞こえなくなった方向を見ていたが、ふと思い立つと席から立ち上がり保健室へ向かった。やはり授業が始まるまで寝ていようと思った。

だが、結局寝付くことができず、一時限目の授業が始まる前に教室に戻ってくるはめになった。

教室に戻ると、中に平松の姿を見つけた。

俺はあやうくその存在を見過ごすところだった。あまりにも普段と変わらない様子だったからだ。

ともすれば昨日のことは夢だったのではないかと疑いたくなるくらい、いつもと同じ平松の姿がそこにあった。

昨日あれだけのことをされたというのに……。

確かに昨日だって、処女を失うという時も暴れたり叫んだりすることはなかったが、こうも何事も無かったように登校してくるというのはどういうことだろうか。

……まあいい。

平松の様子がこれからどう変わっていくか、それを見ていくのもひとつの楽しみというものだ。

俺はそれを贖罪新聞と言う形にしてみんなに伝えていく。

大張はいったいどうやってことを進めていくつもりだろうか。

とりあえずわかっていることは、これからしばらくは退屈をせずにすみそうだということだった。

そして、今日も贖罪が始まる……。

12月13日　発行　贖罪新聞　三年B組版

平松七瀬イジメ情報続報！


諸君に重要な情報をお伝えする。

先日の贖罪新聞で、平松七瀬という女子学生の本性を伝えたが、まだ半信半疑の読者も多いことと思う。

だが、これから伝える紛れもない真実を知れば、平松七瀬がどれだけ救いようのない変態なのか、よくよく理解できるだろう。

『貪欲《どんよく》すぎる性への執着　授業中の異音騒動』

本日、私立明美学院三年B組教室で謎《なぞ》の異音騒動があった。

うなるような音が不規則に鳴り、授業が一時中断したりするハプニングもあったが、原因は結局わからずじまいであった。

平松七瀬が授業途中で体調不良をうったえ、席をはずしてから異音は止《や》んだようである。

そこで本誌記者が、平松七瀬と異音の関係について調査したところ、なんと驚くべきことに、授業中であるにも関《かか》わらずスカートの中にバイブを仕込ませていたことが判明した。


『平松七瀬、男子トイレで風俗店開業!?』

風俗業界が繁栄している現代であるが、その風潮は当学院にも確実に訪れていた。

授業中、突然具合の悪さをうったえた平松七瀬は、なぜか女子トイレには入らず男子トイレに籠《こも》り、男たちが来るのを待ち構えていたのである。

記者がこの現場を捉《とら》えたときは既に男子トイレは異様な盛況ぶりを見せており、渦中にいる変態女平松七瀬は次から次へと、男子たちに体を擦《こす》りつけていた。

だが、満足した男子たちが平松七瀬に金銭を渡した様子などはなく、また平松からも請求するような場面が確認できなかったため、ともすると、単にセックスをしたかっただけなのかもしれないという説もある。

まったくもって、筆者には理解不能の行動である。


なおこの新聞は読後焼却のこと。

もしもクラスの関係者以外にこのことを漏らした場合、その人物は贖罪されるであろう。

注意されたい。

(贖罪新聞編集部)

12月14日　発行　贖罪新聞　三年B組版
『痴漢《ちかん》電車にて暴かれる変態の本性』

平松七瀬の変態ぶりはもはや疑いのないものだが、本日また、平松七瀬の淫乱ぶりを裏付ける出来事がおこった。

今朝、平松はいつもよりも遅い時間の電車を選んで乗車した。

平松は以前、この時間の電車で性的な嫌がらせに遭ったことがあり、それにも関わらず、普段より遅いこの電車を選んだのである。

この時間の電車は、通称セクハラ電車と呼ばれており、女子の間ではこの電車は避けるといった暗黙のルールが存在している。それは平松も当然知っていたと思われる。

なにかあると確信した記者は平松を追い、電車の中へ潜伏取材を敢行した。

平松は案の定すぐに性的な嫌がらせにあい始めたが、そこで私は目を疑うことになったのであった。

平松は男たちに触られて嫌がっているのではないかと思ったが、それは男たちの手を更にたくさん受け入れるために、いやらしく身をよじらせていたのである。

このような淫乱女と、我々は机を並べていたのだ。驚きと共に、憤りすら感じてしまう読者の方もいらっしゃることだろう。


『さぁ、あなたも贖罪を手伝おう！』

貴方《あなた》も平松七瀬さんのために贖罪を手伝ってあげませんか？

参加資格などは問いません。希望者は放課後、三階空き教室にきていただければ誰でも参加する事ができます。

平松さんの贖罪を、みんなで手伝ってあげよう！


なおこの新聞は読後焼却のこと。

もしもクラスの関係者以外にこのことを漏らした場合、その人物は贖罪されるであろう。注意されたい。

（贖罪新聞編集部）

12月15日　発行　贖罪新聞　三年B組版

『贖罪という名目？　その真意は……』


今日も盛りだくさんの内容と共に、平松七瀬の本質と目的を探っていきたいと思う。

さて、本日の変態平松は早々に呼び出され、プールで輪姦《りんかん》を受けた。

これに関してはいつものことなので、本記者も、もうお腹一杯《なかいっぱい》である。

だがこの後の平松の行動は、常識では解せないものであった。

贖罪に協力しているリーダーのＯ君の命令とはいえ、裸で校内を歩き始めたのである。

念のため言っておくが、まだ閉校しておらず、学生がいつすれ違ってもおかしくない状況である。

それにも関わらず、平松七瀬は体を濡《ぬ》らしたまま、恥ずかしがる様子もなく校内を歩いてのけたのである。

そしてＯ君に導かれ、平松は寒い風の吹く屋上へ。

この後……もはや賢明な本誌読者の方々にはおわかりだろう。

念のために付け加えておくならば、平松は羞恥《しゅうち》や寒風など、あらゆるすべての要素を快楽に結びつける、変態の中の変態だということだ。


『水も滴《したた》る淫乱女　寒風セックス!?』

水が滴れば女は色気が増すとよく言われるが、平松に関して聞かれると首を捻《ひね》ってしまうのはなぜだろうか。

というのも変態という人種が放つなにかが、彼女に存在するのだろう。

プールから屋上まで全裸で歩いて来た平松は、そのまま屋上で男たちの渦に巻き込まれていったのだが、確かにいい女ではあると思うが、その姿は美女、清楚《せいそ》などとは違った印象を我々に与えた。

言うなれば『水も滴る淫乱女』である。

さて、平松七瀬はここでも淫乱活動を行ったわけだが、もう十二月である。

だが平松は記者の予想を今回も見事に破ってくれた。

寒風の中、それを吹き飛ばす勢いで男子たちに奉仕したその奮迅《ふんじん》ぶりは、間違いなく過去最高のものだろう。

もしかすると寒さを快楽の食い物にしたとも考えられるが、だとするとお手上げである。

恐らく平松の淫乱ぶりに付き合っていける男性は、未来永劫《みらいえいごう》現れないのではないだろうか。

もちろん、記者は真っ平御免である。

なおこの新聞は読後焼却のこと。

もしもクラス以外の関係者にこのことを漏らした場合、その人物は贖罪されるであろう。

注意されたい。　　　　　　　　　　　　　　　　（贖罪新聞編集者）

12月16日（土）　平松七瀬［私立明美学院・三階空き教室］　午後12時53分

「ひっ……い……イクうぅっ！」

私は、今日何度目になるかわからない絶頂を迎えた。

頭の中に激しいフラッシュが焚《た》かれ、意識が飛んでいきそうになる。

でも、私の意識はすぐに現実へ引き戻されていった。体中を這《は》い回《まわ》り、あそこやお尻《しり》を突き上げてくるペ○スたちが気を失うことを許してはくれなかった。

次から次へと新しい刺激が私を襲ってくる。新しいペ○スを挿入されるたびに、精液を吐き出されるたびに、私は絶頂を迎え、意識を覚醒させられた。

いつの間にか私の体は、意識を閉ざすよりも快感を貪《むさぼ》ることを選ぶようになっていた。

「へへ、またイきやがった」

今、私のあそこに挿入している男子が腰を振りながら顔を歪《ゆが》ませた。二人の繋がっている場所から絶え間なくいやらしい音が聞こえてくる。

今日だけで、もう何人の男子たちが私の中に欲望を吐き出していったんだろう。

口、手、胸、あそこ、お尻……男子たちは代わる代わる、私の好きな場所に、好きな格好で欲望を吐き出していった。

私の身体《からだ》はすでに、中も外も男たちの欲望で溢れていた。

それでも私を囲んでいる男子たちの数はいっこうに減る様子を見せないでいる。

今日は土曜日。

午後という時間はまだ始まったばかりだった。


月曜日から始まった贖罪行為は休むことなく続けられていた。昨日も一昨日《おととい》も、私は言われるがままこの体を男子たちに捧げてきた。

毎日毎日、いつもの空き教室で、保健室で、トイレ、体育倉庫、屋上、プールといった校内のありとあらゆる場所で、そして私の自宅で、時には登下校中の電車の中でも、男子たちの欲望を受け入れ続けた。

放課後、休み時間、そして授業中……私は男たちの欲望の中で過ごしていた。

はじめのうちは同じクラスの男子たち数人だけを相手にしていたのが、次第に数は増えていき、他のクラスの男子たち、後輩、そして少ないながらも何人かの教師までもがこの贖罪行為に参加するようになっていた。

私はそれだけの人数の男たちから欲望の対象とされるのに値する人間なんだろうか。

罪を贖うことを考えながらも、そんなことがなぜか嬉しく感じた。

これで、少しは贖罪できたんだろうか。

わからない……わからない……。

残り時間はそんなにない。だから少しでも罪を贖いたい。

そして今日も私は朝から男子たちの欲望を受け入れていた。

登校してきた私は、いきなり大張たちにトイレに連れ込まれた。

そこで媚薬《びやく》入りのローションをあそこに塗られ、バイブを突き刺された。その格好のまま授業に出ろといわれ、私は言われたとおりに授業に出た。

小さく振動するバイブの感触で授業中に小さく何度もイっていた。授業の内容は少しも頭に入ってこない。授業に集中して快感を紛らわそうとしても、かえってあそこに意識が集中してしまう。溢れ出そうになる声を抑えるので精一杯だった。

リモコン式のバイブは時々動きを変化させ、私はそのたびに激しく声をあげてしまいそうになる。でも、声は抑えられても、体が反応してしまうのは抑えきれなかった。バイブの変化にあわせるように、勝手に体が、腰が動いてしまう。

周りの男子たちがそんな私を見てニヤニヤと笑っているのが見えた。

私はどうしようもないくらい快感に火がついていた。バイブの振動がもどかしくて、激しくイきたくて、何度自分で押さえつけようと思ったかわからない。

でも、それでは贖罪にならないから、男子たちの望んでいる行動ではないから、だからずっと我慢していた。

放課後になると、すぐに男子たちがやってきて私の机を取り囲んだ。

「さあ平松さん、今日はこれからが本番だよ」

顔を上げると、薄笑いを浮かべた大張が正面に立っていた。他の男子たちもみんないやらしく顔を歪めている。

私はなにも言わずにただ大張の顔を見上げた。

「ふふ、いやらしい顔をしてる。バイブはそんなに気持ちよかったか？」

その問いに答えることができなかった。口を開けばきっと言葉よりも先に官能に負けた声が溢れ出て来るから。

「もう待てないって様子だな。まあ、後少しの辛抱だよ。今日は土曜日だからね、平松さんに思う存分贖罪をさせてあげるよ」

大張の言葉を聞いて、周りの男子たちは更に顔を歪ませ含み笑いをしていた。

私はその笑いに、不安と同時に期待を感じていた……。


大張は「用意をしてくる」と言って先に教室を出ていった。それから十五分ほどしてから、私は他の男子たちに連れられて、いつもの空き教室へ向かった。

扉の前で大張が一人待っていた。

「準備は整ってるよ。平松さん、用意はいいかな？」

扉の向こうに強烈な圧力を感じた。

人の気配……それはいつものことだけれど、息がつまりそうな程の圧迫感があった。

「さあ、どうぞ」

大張が扉を開いた。

中には、教室内を埋め尽くすような数の男子がいた。今までとは比べものにならない数の男子たちだった。

「ふふ……男たちは隣の教室にもいるよ。今日は、ここにいる全員の相手をしてもらう」

大張が言った。

隣の教室にも……。

確かに、隣の教室からもすさまじい圧力が感じられた。

いったい、どれくらいの人数がいるんだろうか……。

今扉の開いている教室にいる人数だけでも二十人以上はいるだろう。もしかしたら三十人近くいるかもしれない。おそらく隣の教室にも同じくらいの男子がいると思う。

その人数の男子とセックスをする……。

「さあ、始めようか。今日は一秒でも時間が惜しいだろうからね」

大張がそんなことを言いながら、私を教室の中へ連れて行った。

中にいる男子たちは素直に道をあけていく。

人垣の中央には、いつものようにマットにシーツをかけただけの簡易ベッドが用意されていた。

私は、その上に無造作に放り出された。

「それじゃあ、頑張って贖罪してくれ」

大張はそう言うと、人垣の中へと消えていった。

取り残された私を、そこにいる男子たちが取り囲んだ。

始まるんだ……。

誰かの唾《つば》を飲み込む音が聞こえた。

それを合図にしたように、男子たちが一斉に私に襲いかかってきた。

「あ……ああぁぁぁぁぁぁぁぁぁぁぁぁぁぁぁっ！」

長い午後が、始まった。

同日　美樹本俊貴［私立明美学院・三階空き教室］　午後4時21分

「んんっ！　んんぅぅっ……んっ…んんっっ……」

目の前では、贖罪という名のもとの陵辱劇《りょうじょくげき》が続いている。

男子たちは平松を取り囲み、ぺ○スを挿入し、口に銜《くわ》えさせ、手に握らせている。

教室内には、平松の喘《あえ》ぎ声《ごえ》と粘着質の卑猥《ひわい》な音が絶え間なく響きわたっていた。

平松は男たちに身を任せ、されるがままぺ〇スを受け入れ続けていた。今日だけでもう何人、何十人の男たちが平松の体に精を放っていった。とうに意識を失っていても不思議じゃない。

だが平松は意識を失うどころか、更に貪欲に男たちを受け入れようとしている。

なにが彼女にここまでさせているのかはわからない……。

平松は、そこまでして罪を贖いたいのだろうか。

平松に対する贖罪行為も、もうすぐで一週間が経《た》とうとしている。

今のところは順調に進んでいる。何度か邪魔が入りそうになったこともあったが、うまく切り抜けてきた。

それに、なんと言っても贖罪新聞の力は絶大だった。

俺の書いた贖罪新聞が学生たちを動かしている。

学生たちは贖罪新聞に書かれていることに逆らおうとはしない。正直言って愉快だった。

大張はまだまだいろいろなことを考えているらしい。この先、しばらくは楽しく過ごすことができそうだ。

俺は、精液まみれになって犯されている平松の姿を見ながら、そんなことを考えていた。

平松を取り囲む男子たちは、まだ結構な人数が残っている。

欲望に染まった午後は、もうしばらく終わりそうもなかった。

そしてまた教室内に、平松の声が鳴り響く。

「あぁ……だめ……また、イク……イクぅ……イ……イッくぅううううううううっ！」


12月17日（日）　美樹本俊貴［自宅・自室］　午後7時06分

休日の今日、俺は電話によって起こされた。

電話の内容は、再び眠ることを主張していた俺の頭を一気に覚醒《かくせい》させた。短くも衝撃的な内容だった。

『平松七瀬が学校の屋上から飛び降りた』

時間は土曜日の深夜。

遺書などは見つかっておらず、自殺の原因はわかっていないという。

緊急集会が行われるので学校へ来るように、というのが主な内容だった。

電話が切れた後、しばらく動けなかった。

平松が自殺？

なぜ……イジメに行きすぎがあったのだろうか。

でも、今更という気もしないではない。

とにかく、ここでじっとしていてもわからない。学校へ行けばなにかわかるだろうか。

俺は立ち上がると学校へ向かうため制服に着替え始めた。

第一話：バッドエンド。

第二話　西野さつき

2000年12月12日（火）　西野さつき［私立明美学院・校門付近］　午前8時05分

私《わたし》はいつもよりも大分早い時間に登校してきた。

校門を通っても、他《ほか》の学生たちの姿はほとんど見当たらない。今の時期は部活動もそれほど活発ではないから、朝練をしているクラブもほとんどない。

私はやや駆け足で昇降口まで辿《たど》り着《つ》くと素早く靴を履き替え、目的の教室へ急いだ。もう少しすれば学生たちのざわめきで満たされるはずの廊下に、私の足音だけが鳴り響いていた。

私が向かったのは三年B組。七瀬先輩の教室。

たぶん七瀬先輩はまだ登校してきていないと思う。

七瀬先輩だけじゃない、他の先輩たちもまだ来ていないだろう。

でも、それでいい。というよりは、そうじゃないと困るというのがホント。

だって、人がいたら……。

そんなことを考えているうちに目的の教室は近付いていた。三年生の教室が並んでいる廊下に人の姿はない。私は三年B組の扉の前で立ち止まるとそのまま扉を開いた。

そのまま教室の中に足を踏み入れようとして、私は硬直した。

人が、いた。

一人の男子学生が私を見ていた。見たことのない先輩……いや、どこかで見たような気もするけど覚えていない、というのが正しいかもしれない。

なんて、そんなことを考えてる場合じゃない。

「あっ……なな、じゃないや、平松先輩って、まだ来てないですか？」

とっさに口から出てきたのはそんなセリフだった。

私の質問に、先輩の男子は無言のまま小さく頷《うなず》いた。

「じゃあ、いいです。ごめんなさい」

そう言って勢いよく扉を閉めて、私はその場から走りさった。まさか、もう登校している学生がいたなんて……。

でも仕方ない、まだ始まったばかりだし明日からはうまくやろう。自分にそう言い聞かせて、私は自分の教室に戻ることにした。

「あれ、さつき？」

「え……」

突然名前を呼ばれて私はビクリと硬直した。

女の人の声……聞いたことのある声……。

私はゆっくりと振り向いた。

「あ、まどか先輩。おはようございます」

「おはよ。随分早いのね」

「それは、先輩だって同じじゃないですかぁ」

「まあ、それもそうなんだけど……そうだ、ねぇさつき？」

「はい？」

「その……最近、なんだか七瀬の様子がおかしいような気がするんだけど。なにか知らない？」

「……」

「さつき？」

「え？　えっと、私、最近七瀬先輩と会ってないんで……あ、ごめんなさい、私ちょっと用事があるんで失礼します」

「あ、うん……ごめんね、急に変なこと聞いちゃって」

「いえ、それじゃ」

私は、逃げ出すようにその場を後にした。

同日　美樹本俊貴〔自宅・自室〕　午後8時17分

今日もさんざん平松を犯してから帰ってきた。

今のところ、たいした問題もなくことは進んでいるが……少し気になることがあった。

それは、贖罪《しょくざい》新聞。

今日、机の中に一枚の贖罪新聞が入っていた。内容は平松に対するイジメを助長するもの。それも、事実とは微妙に違うことを書いた新聞。

俺《おれ》が書いたものではない。

大張グループの中で贖罪新聞を作るのは俺の役割だ。俺の他に贖罪新聞を作るような奴《やつ》はいないはずだ……。

だとしたら誰《だれ》が？

現状では、詳しいことはわからない。それが、俺の神経を逆撫《さかな》でする。

自分の関《かか》わっていることで自分の知らないなにかが動いている。それが気持ち悪かった。

でも、そんな気持ちとは別に、純粋に興味もあった。

誰が、なんのために書いているのか。それを知りたい。真実を知りたい。

「………」

俺は笑っていた。

声を出さずに、笑っていた。

面白い。

この時期になって、こんなに続けて面白いことが起こるなんて思ってもみなかった。

これで、しばらくは退屈しないな……。


２０００年12月13日（水）　西野さつき［通学電車・車中］　午前8時11分

この時間帯の電車は、どこに乗っても満員らしい。狭い空間の中に、何人もの人間がひしめき合っている。

私は、いつもとは違う時間の電車に乗っていた。

普段なら絶対に乗らない電車。

この時間の電車は、別名で痴漢《ちかん》電車と言われる程、痴漢が多く出没することで有名だった。

だから、大抵の女性はこの電車に乗ることを避けている。

私は今日、その電車に乗っていた。確かに、私の周りには男の姿しかない。

でも、周りの男たちは私にはなにも手を出してはこない。私に魅力がない……わけではないと思う。自惚《うぬぼ》れているわけではないけど、学校でも、それなりに男子たちから人気があると聞いたことがある。

でも、今この電車に乗っている人間たちの意識は、ある一点に集中していた。

そこには、この車内で私以外の唯一の女性だと思われる人物……七瀬先輩の姿があった。

七瀬先輩の周りを、同じ明美学院の男子学生たちが取り囲んでいる。大張とその仲間たち……。

男子たちの姿が小さく蠢《うごめ》いていた。

「あ……くっ……」

七瀬先輩の声。

小さな声だけど、はっきりと耳に残っている。きっと、私の周りにいる男たちにも聞こえているだろう。

ここからだとよくは見えないけど、なにが起きているのかはだいたい予想がつく。

痴漢電車の名前に相応《ふさわ》しい行為が行われているに違いない。

そして、その痴漢行為を受けて、七瀬先輩は声をあげている。この車輛《しゃりょう》に乗っている男たち全員を引きつけるくらい官能的な声を。

「あんっ……」

いやらしい……。

聞いているだけで、感じてしまいそう……。

私の周りにいる男たちも興奮しているのだろうか。中にはもぞもぞと腰を揺すっている男もいる。

背伸びをすると、少しだけ七瀬先輩の姿が見えた。でも、ここからだとなにが起きているのかはちょっとわかりづらい。

その時、七瀬先輩を囲んでいる男子学生の一人がこっちを見たような気がした。

「っ⁉」

私はとっさに頭を引っ込めた。

見られた？

かけこみ乗車
キケン

いや、ただの偶然かもしれない。きっとそうだろう。

でもとりあえずは大人《おとな》しくしていよう。

「ひぃっ……だめぇっ……」

七瀬先輩の声がするたびに、車内の空気の密度が増していくような気がした。ただでさえ息苦しい空間なのに、更に圧迫感が増していく。

今、ここにいる男たちのほとんどが頭の中で七瀬先輩を犯しているに違いない。この満員電車の中で、荒々しく犯す場面を想像している。

「ぃ……クぅっ……」

今までよりも音程の高い声が車内に響いた。

私は思わず笑いそうになっていた。

なんだろう……自分でもよくわからないけど、なんだかおかしかった。

そうしている間に、電車は目的の駅に到着した。

私は扉が開くと飛び出す勢いで改札口へ向かった。

駅を出た私は、学校へ向かって走り出した。

急がないと……。

ただそれだけを考えていた。

同日　美樹本俊貴［私立明美学院・三階空き教室］　午後4時24分

放課後になってすぐ平松をこの教室に連れてきて、それから休む暇も与えずに犯し続けている。

「あひぃっ……あんっ……くぅっ……」

教室内に平松の喘《あえ》ぎ声《ごえ》が鳴り響いていた。

今も、男子の一人が平松に挿入し、腰を振っている。

ペ○スが出入りするたびに体を小さく震わせて、口からは喘ぎ声が溢《あふ》れ出《で》てくる。

でも平松は嫌がるどころか逆に自分から腰を振っている。

処女を失ってからまだ二日しか経《た》っていないというのに……元々素質があったんだろうか。

「ほらっ、平松、出すぞっ‼」

挿入している男子の動きが更に激しくなる。貫くような勢いで平松に腰を打ち付けている。

「ひぁっ……あっぁぁぁぁぁぁ……」

平松の口から、また絶頂の喘ぎが溢れた。大きく口を開き、全身を硬直させている。

「くうっ、出る」

平松に続くように、挿入している男子が射精したようだった。

思い切り押しつけた腰を小さく揺らしながら、余韻に浸っている。

新しく吐き出された精液に押し出されるように、膣《ちつ》とペ○スの隙間《すきま》からドロリとした液体が溢れてくるのが見える。

いやらしい光景だ……普段は大人しく目立たない平松だからこそ、余計にそう見えるのかもしれない。

その時、突然、扉の外から声が聞こえた。

瞬間、教室の中が静まりかえる。

「おい、誰かいるぞ。誰か見るんだ」

扉の近くにいた男子が扉を開いて外の廊下に顔を出した。

「おいっ、誰かいたか？」

「いやっ……誰も……ただし、扉の外にはだけど」

「どういう……」

「廊下を曲がるのを見たんだよ。一年下の西野さつきが曲がるのを」

教室の中に戸惑いの色が拡《ひろ》がった。

西野さつき。

学院内では結構有名な女子学生だ。一部の男子たちからは学院で妹にしたいナンバーワンとか言われて人気があるらしい。

西野の名前を聞いた大張は、ニヤリとした薄笑いを浮かべた。

西野さつきも巻き込むつもりだろうか……どうやら他の男子たちもそれを期待している

ように見える。

みんなの視線が大張に集中した。

「放っておけ」

しかし大張の口から放たれた言葉は大方の予想から外れていた。期待からも外れていた。

他の男子たちの視線がそれを語っていた。

大張は、男子たちの落胆するのを無視して再開を促した。

それを受けて男子たちの目が一斉に平松へ向く。

そして、贖罪行為は再開された。

さっきまで行われていたものよりも、男子たちの動きが激しさを増しているように見えるのは気のせいじゃないだろう……。

俺は適当な理由をつけて教室を出た。西野さつきのことが気になったからだ。

思えば最近、西野さつきの姿をよく見かけるような気がする。

それはただの偶然だろうか。

それとも、もしかして、俺たちのしていることに気付いている？

どうやら、平松と西野はそれなりに仲がよかったらしい。だから、先輩の様子が気になって後を追っているんだろうか。

気になる……。

俺は西野さつきという存在に興味を持ち始めていた。

たぶんまだそんなに遠くには行ってないだろう。俺は、西野の逃げたと思われる方向へ進みだした。

おそらく、もう同じ階にはいないはずだ。逃げるならばより出口の近い下の階に行くのが普通か……そう思って、俺は下の階へ移動することにした。

そして、階段を下り始めた時……。

「そんなことないっ！」

女の声が耳に飛び込んできた。

予想が当たったのだと思ったが、今の声に俺は首を傾げていた。

今の声は、西野さつきの声ではない。今の声は……。

「じゃあ、まどか先輩、さつきとお話しましょう」

今度は別の女の声が聞こえた。

今のは確かに西野さつきの声だ。そして、さっきの声は……結城《ゆうき》まどか。

一人ではなく二人だったのか。だが、なんでこんな所に？

「ねえ、相談したいことがあるんですぅ」

「……わかった、わかった」

考えごとをしている間に、会話は終わりに近付いているようだった。

どうやら二人はそのまま校舎を出ていく様子だ。もう、これ以上追いかけることはないだろう。

それにしても、二人とも、なにかに気付いているのか？

結城はまだわかる。学年も同じうえに平松とは親友の間柄だ。

だが西野は？　学年も違う上に、そこまで近い存在だったとは思えない。確かに、それなりにつきあいはあったようだが……。

西野さつき、か。

西野？　西野……どこかで聞いたような……。

ふと、ある一文が思い当たった。

『被害者：西野貴宏《にしのたかひろ》』

そうだ、あれは月曜日に読んだ新聞に書いてあった名前だ。

西野貴宏。西野さつき。

まさか……いや、わからない、西野という苗字《みょうじ》はそんなに珍しくはない。決めつけるのは早すぎる。

だが、調べてみる価値はありそうだ。

そこまで考えてから、俺は元の教室に戻ることにした。

12月13日　発行　贖罪新聞　三年B組版
「平松七瀬」イジメ情報続報
諸君に重要な情報をお伝えする。

平松七瀬がいじめられているのは、昨日発行の本紙においてお伝え済みだが、その続報が入ったので、ここにお伝えする。

しかも、今朝方行われたばかりの最新情報も後半に入っているので、お楽しみに。

平松七瀬のイジメに参加している人数は、実に多い。

このクラスの大半が加害者である。

自分は関係ないと思っている者もいるとは思うが、無視したり、かばわなかったりというのも十分にイジメである。

実際に手を下していないからといって、知らない振りをしている学生にも必ず贖罪が訪れるであろう。

ここで、昨日のイジメについて詳細をお伝えしよう。

ストリッパー「平松七瀬」デビュー
昨日、平松七瀬の贖罪のためと称した、一部男子学生たちのイジメで、ストリップショーが行われた。

本紙が捉《とら》えた映像があるのでここに掲載する。

このように平松七瀬はかなり雰囲気を出しながら、十人以上のクラスメートが見つめる中、扇情的なダンスを披露していた。

特定の男子学生が彼女に指示を出し、それを実行するという形でストリップはすすめられた。

彼女はかなり感じていたようで、その後の輪姦《りんかん》において、かなり乱れていたことを付け加えておこう。

十人以上に輪姦されて感じるというのは、どんな気持ちであろうか。

女性なら一度は体験してみたいことではないだろうか？

場所は昨日お伝えしたとおりである。

興味のある方は一度、覗《のぞ》いてみることをお勧めする。

ただし、女性の方はご注意を。


超最新情報！

今朝、平松七瀬は痴漢電車に乗車した。

昨日のイジメの最後で、ある男子学生から提案された『明日は下着を着けないで登校する』を実行した上で、わざわざ乗り込んだものである。

どうしたことであろうか？

普段、彼女は、十分前の電車に乗っているのだが、今朝はまるでその電車を望んでいるかのように、乗り込んだ。

本紙記者は追跡取材を敢行、その様子を激写した。

その模様は、次回の贖罪新聞に譲ることにしよう。

待て次号！


なおこの新聞は読後焼却のこと。

もしもクラス以外の関係者にこのことを漏らした場合、その人物は贖罪されるであろう。

注意されたい。

（贖罪新聞編集部）


同日　美樹本俊貴［自宅・自室］　午後8時24分
家に戻ってきた俺は、自室に戻るとすぐに鞄《かばん》から二枚の紙を取り出した。

それは贖罪新聞。

二枚とも今日発行されたもので、どちらも俺の知らないものだった。

片方は昨日発行されたものと同じように、事実とは違う内容が書かれているもの。もう片方は事実にそった内容が記されているものだった。

また、この二枚の新聞にはもう一つ大きな違いがあった。

事実にそっているものには写真があるのに、事実とは違う内容のものには写真がついていない。


とりあえず、事実にそってある新聞を観察した。

こちらの新聞にはご丁寧に写真が埋め込まれている。

新聞自体はカラープリンターで出力されているようだ。

それにしても、ストリップの写真があるのに、今朝の痴漢電車の写真がない。写真を撮《と》ったと書かれているのにだ。

通学の電車から贖罪新聞の配られた時間を考えれば、写真は間に合わなかったというのが真相だろう。

朝の電車で速報のネタを手に入れ、急いで編集した。

内容的にもそんな感じだ。

同じ場所に乗り合わせた人間の書いた物だということだ。

だとしたら、行為に参加していた仲間の誰かが書いた？

だが、それはありえない。

俺の知る限りでは、あの場でカメラを使っていた奴はいない。そもそも、あの仲間たちの中で贖罪新聞を書くのは俺の役目だ。俺や大張に黙って新聞を作ったとしても、作った奴になにかメリットがあるとは思えない……。

まさか平松本人が？

だが、さすがにそれは考えづらい。

となると他には……そうだ、西野さつきはどうなんだろうか。

俺の見間違いでなければ、今朝の電車で同じ車輛に乗っていた。そして、どうやらこちらのほうを気にしていた様子だった。

それに、今日の放課後の出来事。

西野さつきか……。

もし、殺害された西野貴宏が西野さつきの父親だったとしたら、平松の父親に自分の父親が殺されたことになる。

それならば、平松に恨みをもったとしても不思議ではない。

これは、一度確認してみる必要がありそうだ。明日にでも学校で調べることにしよう。

2000年12月14日（木）　美樹本俊貴［私立明美学院・教務課］　午前8時17分

朝、早めに登校してきた俺は、早速教務課へ来て西野さつきについて調べ始めた。

知りたかった事実は思ったよりも簡単に知ることができた。

俺の考えは間違ってはいなかった。

『西野さつきは西野貴宏の娘』

つまり、西野さつきは平松七瀬の父親に自分の父親を殺されたんだ。

俺の中で、仮定が確定に変わった。あの贖罪新聞を書いていたのは西野さつきだ。そう考えれば、今までの西野の行動にもだいたい説明がつく。

それに、もう一つ面白い情報が手に入った。

それは兄の存在。

西野さつきには、西野正巳《まさみ》という兄がいるらしい。母親は既に亡くなっていて、今まで父子の三人で暮らしていたようだ。ということは、今となっては兄がたった一人の家族ということか。

面白い。

やっぱり、真実は面白いな……。

西野さつきが贖罪新聞の発行者だったとは。

平松とはそれなりに仲がよかったようだが、そうでもなかったのか。それとも、父親を殺された恨みでどうでも良くなったのだろうか。

いや、まて……西野さつきが贖罪新聞を書いていたとしたら、どうやっていじめている事実を知ったんだろう？

同じクラスでもなければ同じ学年ですらないというのに。

それに、西野の書いた贖罪新聞を見る限りでは、イジメの始まった当初から、その事実を知っていたようだったが。

もしかしたら、大張のことを焚《た》きつけたのも西野のしわざだったのだろうか。もしそうだとしたら、昨日、大張が西野のことを放っておけと言ったのも説明がつけられる。

随分と調子のいい話だ。自分は直接には手を出さずに高見の見物か。

西野の作った贖罪新聞もなかなかいい出来ではあったが……贖罪新聞の発行者は何人もいらないんだ。

まずは西野さつきを観客席から引きずりおろしてやろう。

方法は……そうだな、西野にも贖罪をしてもらおうか。自分が陥れた先輩と同じ目に遭ってもらうのだ。

ふふ、面白そうじゃないか。

さあ、そうと決まれば早速実行しなければ。

同日　西野さつき［私立明美学院・二年E組教室］　午後3時16分

「じゃあね、さつき」

「うん、さよなら」

帰宅したり、部活に向かおうとする友人たちと挨拶《あいさつ》をしながら、私も帰《かえ》り支度《じたく》を始めた。

机の脇《わき》に掛けてある鞄を取って中身を開く。

「ん？」

鞄の中に、見知らぬ紙が一枚入っていた。

なんだろう……またラブレターとかそういった類《たぐい》のものだろうか。時々だけど、机や下駄箱の中にそういったものが入っている時がある。もちろん嬉《うれ》しくはあるのだけれど、困る、というのが本音。

だって、私にはお兄ちゃんがいるから。

お兄ちゃん以外の男の人と付き合うなんて考えたこともない……そんなこと考えられなかった。

私はお兄ちゃんが好き。

別に変なことだとは思わない。ごく普通のこと。

私は、鞄の中にある紙をとり出した。

「え……」

一瞬、絶句した。

そこには、予想していたものとは違う、無機質な文字が羅列してあった。

周りのすべての音はなくなり、視界にはその紙に書かれている言葉しか映らなくなった。

中に、特に大きく書かれている四つの文字が私の心に爪《つめ》を食い込ませてきた。

「な、なんで……」

なんとか言葉を発すると、音と視界が戻ってきた。

私は、慌てて紙を鞄の中にしまった。

そして周りを見回す。

教室に残っている学生の数は思ったより少ない。そして残っている学生たちは私の事を気にしてはいないようだった。

私は一度教室の中を見回してからゆっくりと鞄の中に視線をもどした。

「なんで……なんで、そんな……」

手の中にある紙の感触が気持ち悪かった。

「…………」

私は大きく息をつき、無理矢理自分を落ち着かせた。そして、紙を握っている手をゆっくりと引き出し、もう一度紙を開いた。

見間違いではなかった……私の期待は事実に裏切られた。

そこには、こう書かれていた。

贖罪新聞、と。

12月14日発行　贖罪新聞臨時増刊号［西野さつき用］　二年E組版

この贖罪新聞は西野さつき専用の臨時増刊号である。

もしも他の人間がこれを読むことがあったならば、その読んだもの並びに西野さつきは酷《ひど》い贖罪をさせられるであろう。

注意して欲しい。


贖罪事件に新たなる罪が発覚！


西野さつき、君はとんでもないことをした。

我々がなにを言っているかは、当然わかっていると思う。

心当たりがないというならば、それもまた罪になるだろう。

卑怯者《ひきょうもの》の君は、きっとそう弁護するに違いないと考えられるので、本紙面にて罪を告発しよう。

君は既に、先輩である平松七瀬がどういう目に遭っているか知っていると思う。

当然だろう、君が追い込んだのだから。

贖罪新聞を使い、イジメの参加者を募る行為は間違ってはいない。

だが、煽《あお》るだけ煽っておいて、第三者を気取って安全な場所からイジメを観察するというのはいかがなものか。

もちろん、亡くなった君の父親のことは考慮する。

しかし、関係者であることを装い、参加者だけを募り、自らの保身を図るのは十分に罪である。

歴史ある贖罪新聞を冒涜《ぼうとく》してもいる。

このままだと、いずれ行き過ぎを生むことになるだろう。

もし、平松七瀬への贖罪が行き過ぎ、悲劇を招くとしたら、誰が責任を取るのであろうか？

己の罪を十分理解した上で、放課後、特別教室の廊下まで来るように。

なおこの新聞は読後焼却のこと。

もしもそれが守られない場合、我々は強制的に君への贖罪行為を開始する。注意されたい。

更に多くの罪を抱えたくなければ、我々の指示に従うように。　（贖罪新聞編集部）

同日　西野さつき［私立明美学院・廊下］　午後3時31分

私は、贖罪新聞に書かれていた場所に向かって歩いていた。

普段は使用されていない教室が並んでいるこの辺は、放課後になるとほとんど人が来ることはない。

遠くから放課後の喧騒《けんそう》が微《かす》かに聞こえてくる。それが余計に、隔離されているような感覚を私に与える。

廊下の突き当たりに、一人の男子学生が立っていた。

どこかで見たことがあるような気がするけど思い出せない。雰囲気からすると先輩のようだけど……誰だろう。

「いらっしゃい」

その先輩は感情のこもっていない口調で私を迎えた。

「あの……私……」

「さあ、みんなお待ちかねだ」

私の言葉を無視して、先輩は扉へ向かった。引き手に手をかけて、私のほうを振り返った。

こっちへ来いという事らしい。

私に逆らう権利はなかった。促されるまま、扉の前に立つ。

「それじゃあ、始めようか」

先輩がゆっくりと扉を開き始めた。

扉の隙間から、段々と中の様子が見えてくる。

「え……なに、これ……」

誰もいないはずの教室の中に、人の姿が見えた。

それも、一人じゃない。二人……三人……四人……一目では数え切れないくらいの人数が教室の中にひしめき合っている。

全員男子のようだ……それも、どうやら私と同学年の学生たちらしい。同じクラスの男子もいる。

「さあ、中に入るんだ」

「あ……きゃっ！」

突然背中を押されて、私は教室の中に押し込まれた。バランスを崩して転びそうになったけど、誰かが私を支えたため、それは免れた。

「え、あ……ひっ！」

顔を上げると、見知った同級生の顔があった。

いやらしく歪《ゆが》んだ同級生の顔が……。

「よぅ、さつき……へへ」

ヘラヘラと笑いながら、その男子は私の両肩を押さえつけてきた。

その手の感触に、寒気が走る。

「ちょ……イヤ……離してっ」

「おっと、逃げるなよ、せっかくだから楽しもうぜ」

楽しむ？　なに？　いったいなにを言っているの？

私は、男子の手から逃れようと何度も身をよじったけれども、無駄だった。

後ろから、扉の閉じる音が聞こえた。

その音に振り向いた時、私は自分が男子たちに囲まれていることを知った。

「え……な……」

どこを向いても隙間なく男子の壁ができている。そして、みんなが私を見ていた。

「せ、先輩、本当にいいんですか？」

私を押さえつけていた男子が、私の後ろに向かって言った。

顔を向けると、そこにはさっき教室の外で私を出迎えた先輩が立っていた。その先輩は、一瞬私の顔を見たかと思うと、小さく口を開いた。

「ああ、好きなだけして構わないぞ」

その瞬間、教室内の空気は沸点に達した。

「へへっ……だとよ」

そして次の瞬間、私は強引に床に押し倒されていた。

「きゃっ！　え……？」

予想していた痛みはなかった。

すでに用意してあったのか、床にはマットが敷かれていた。しかも丁寧にシーツまでかぶせてある。

「こ……これって……」

似たような光景を見たことがある。これは確か……。

「さあ、たっぷり贖罪させてやるぜ、さつき」

顔を上げると、私を見下ろしている男子と目が合った。

「贖罪……な、なんで、私が……」

声が震えているのが自分でわかった。

「ふふ、わかってるんだろう？」

「わ、わかんないよ、そんな……私、帰るっ……」

「おっと、逃げようとしても無駄だよ」

立ち上がろうとした私の肩を、男子の一人が押さえつけた。

「イヤっ……離してっ！」

「暴れるなよっ、大人しくしろっ」

「い、いやっ、いやっ……いやいやいやぁっ」

「ちくしょう、押さえつけろっ！」

その途端、無数の手が伸びてきて私の体をマットの上に押さえつけた。

「い、いやぁっ！　離してっ！　離してぇっ！」

私は必死でもがいた。

でも、両手と両足を複数の男子に押さえつけられていては、どうしようもなかった。

「どうだい？　自分が陥れた先輩と同じ目に遭う気持ちは」

「え……」

廊下で私を待っていた先輩が、私を見下ろしていた。

「知ってるだろう？　平松先輩がどうなっているかは」

「そ、そんな……私、わかりません……」

自分でも、声が震えているのがわかった。

「嘘《うそ》はよくないな。俺たちは君の贖罪を手伝ってあげようって言ってるんだよ」

「なんで……私が……」

私の言葉は急激に小さくなっていった。最後のほうは音にすらならなかった。

「強情だな……」

先輩は、見下すように言うと周りの後輩たちに向かって顎《あご》をしゃくった。

それを合図に、私を取り囲んでいる男子たちの手が一斉に私に襲いかかってきた。

「いやあああああああああああああぁぁぁぁぁぁぁぁぁっ！」

私の叫び声など聞こえないかのように、男子たちは所構わず私の体をまさぐってきた。

「いやっ、いやぁ……やめてっ……やめてよっ！」

私は必死で叫んだ。

でも、これだけの人数の男子たちに囲まれて逃げられるはずがない。頭のどこかに冷静な自分がいた……。

あっという間にスカートは取り払われ、制服もはだけさせられた。下着が丸見えになる。

「あぁ……やめてぇ……」

「へへ……見かけどおり可愛《かわい》い下着つけてるじゃないか」

男子の一人が、私の両足の間に体を割り込ませてきた。同じクラスの男子だった。

「や、やめてっ……見ないで……」

「今更なに言ってんだ、大人しくしろって」

言いながら、下着に手をかけた。そしてその手をゆっくりと引いていく。

「だめっ！」

「いいかげん観念しろよ、ほら、もうすぐ大事なところが見えちゃうぜ」

「あぁ、だめ……脱がさないで……」

身動きの取れない私は、ただお願いすることしかできなかった。

腰をよじっても、横に振っても、男子の手を止めることはできない。それどころか、かえって男子たちを興奮させるだけでしかない。

「い……いやぁ……」

「へへ……さつきのあそこだぜ……」

下着を下げている男子が、息を荒くしながら呟《つぶや》いた。それを聞いて、周りを囲んでいる男子たちが身を乗り出してくる。体を這《は》いまわっていた手が止まった。視線があそこに集中している……。

「あ……あぁ……」

全身から力が抜けていった。

もう駄目。もう、どうすることもできない……。

「お？　大人しくなったか。それじゃぁ」

下着はあっけなく脱がされていった。

私の下半身が晒《さら》された瞬間、男子たちの唾《つば》を飲む音が聞こえた。

こんなに大勢に見られるなんて、それも同学年や同じクラスの男子たちに。

「これがさつきのあそこか……あぁっ、我慢できねぇっ」

「えっ、あっ、いやぁっ！」

下着を脱がせた男子が突然私の股間《こかん》に顔を埋めてきた。それと同時に、生暖かい感触がアソコをなぞりあげてきた。

「ひっ……あぁっ！」

続けざまに何度も何度も、男子の舌がアソコを舐《な》めあげる。そのたびに、私の意思とは関係なく体が跳ねあがった。

「あぅっ……うっ……んんぅっ……あはぁっ！」

「一人だけずるいぞこの野郎っ」

ただ眺めているだけだった男子たちが一斉に私の体にむしゃぶりついてきた。

「あっ……駄目……舐めちゃだめぇ……あぁっ！　ひぁぁっ！」

耳、首筋、腕、胸、お腹《なか》、太もも……体中のありとあらゆる場所を男子たちの舌が這いずり回る。男子たちの荒荒しい息づかいと、ピチャピチャといういやらしい音が私を取り囲んだ。

「あっ……くぅっ！　だめ……駄目ぇっ！」

全身を舐め尽くされるような感触。

いつも教室の中で顔を合わせているような男子たちに、体中を舐められてる。

気持ち悪い。

気持ち悪いのに。私、どうして？

「なんだよさつき、お前、こんなにされて感じてるのか？　あそこがびしょ濡《ぬ》れだぜ」

私のあそこに舌を這わせていた男子が顔を上げ、舌なめずりをしながら言った。

「いやぁ……言わないでぇ……」

「へへ、どんどん溢れてくるぞ、ほら……」

男子は再び私のあそこに口を付けると、わざと音を立てるようにしながら吸い始めた。

はしたない音が教室内に拡がる。

「あっ……だめぇっ……ひぁっ！　あぁぁぁ……」

気持ち悪さは、快感へ変わり始めていた。口から溢れる声が熱を帯びてくる。男子たちのヌメヌメとした舌の感触が私の理性を溶かしていく。

「あぁ、いつもこの指でオナニーしてるんだろ、さつき？」

「可愛いへそしてるなぁ、へへ、舌つっこんじまうぞ」

「おいおい、乳首ビンビンになってるぜ、美味《うま》そうだなぁ」

男子たちは勝手なことを喋《しゃべ》りながら私の体を舐め回していく。

「あんっ……もう……もうやめてっ……舐めない……でぇ……あっ！　ひぃっ！」

言葉の途中で、二つの乳首に同時に強い刺激が走った。

「あぁ……くぅ……乳首噛《か》んじゃだめ……あっ……はぁんっ……」

私、もうダメかもしれない。

イヤなのに、気持ち悪いのに、気持ちいい。

生温かい舌の感触が気持ちいい。

抵抗しても無駄だと悟った瞬間、私は本能の欲求に素直に従い始めた。

「い、いぃっ……気持ちいぃ……あっ、んぁっ……もう、イきたい……イきたいぃ……」

「お、ようやくやる気を出しやがったな。それじゃ、お望みどおりイかせてやろうぜ」

その言葉と同時に男子たちの責めが激しくなる。特に乳首とクリトリスから与えられる刺激が、凄《すさ》まじい快感となって私を襲ってきた。

「あぁっ……ひあぁっ！　いいぃ……気持ちいぃ……」

私は、快感に素直に反応していた。欲望に正直になったら、より敏感になった気がする。

あっという間に、頭の中が真っ白になってしまいそうになる。

もう少しでイキそう。あともう少しで。

絶頂の予感に、私は体を震わせた。男子たちの舌にイカされる。嫌悪感と期待感とが微妙に混じりあい、それがまた快感となって襲いかかってくる。

「気持ちイイか？　さつきぃ」

「じゃあ、こんなのはどうだ？」

次の瞬間、両乳首に同時に歯が立てられた。

凄まじい電撃が体中を駆けめぐる。

「あっ！　ひっ！　い、イクっ……イクうううぅぅぅっ！」

背中を大きく反らし、全身を硬直させながら、私は激しく絶頂を迎えた。

「ぁ……あぁ……ん……く……」

私がイクと、私に群がっていた男子たちが離れていった。男子たちが見下ろす中で、私は絶頂の余韻に浸っていた。

「へへ、体がピクピクしてるよ、いやらしいなぁ」

「ちゃんとビデオ撮れたか？」

「ああ、バッチリさ」

ビデオ？

会話をしている男子たちのほうに顔を向けると、無機質なレンズが私を見ていた。

撮られていたらしい。たくさんの男子に体中を舐められているところを、それに感じている姿を、そして激しくイッてしまう姿まで……。

これで、もう逆らえない。

でも、そんなことは今はどうでもよかった。今はただ、もっと気持ちよくなりたかった。それだけが私の感情を支配していた。

高ぶらされた体は、一度イッただけでは冷めてはくれない。あそこが熱くうずいていた
……入れて欲しい。

「ふふ、まだまだ始まったばかりだよ、本当の贖罪はこれからだ」

私の正面に先輩の男子が立っていた。顔を上げた私と目が合う。

「い……入れて……はやく……はやく入れてぇ……」

私はお願いしていた。きっと、いやらしい顔をしていると思う。

でも、そんなことは気にしていられなかった。とにかく、この火照った体をどうにかし

て欲しかった。

「ふふ……学院で妹にしたいナンバーワンの西野さつきがこんな淫乱女《いんらんおんな》だと知ったら、みんなはどう思うんだろうな」

先輩が服を脱ぎながら言った。

お兄ちゃん以外の男子になんて、どう思われたって構わない。お兄ちゃんがいてくれれば、お兄ちゃんが私を見ていてくれれば、それでいいんだから。

服を脱ぎ終えた先輩が私の前にしゃがみ込んできた。そのまま、大きくそそり立ったペ○スの先端を私のあそこにあてがってくる。

「あんっ……くぅ……」

敏感になっている私の体はそれだけで凄まじい快感を得ていた。

私は無意識のうちに腰を揺らしていた。

先輩は、そんな私の姿を醒めた目つきで見ながら笑った。

「ふふ……」

次の瞬間、ペ○スが私の中に侵入を開始した。

「あっ！　いっ……あああああああぁぁぁあっ！」

あそこを分け入って入ってくるペ○スの感触に、私はイッてしまった。まだ入れられたばかりなのに。

「くっ……」

　奥深くまでペ○スを差し入れた先輩の動きが止まった。あそこの中でペ○スがピクっと動いたのがわかった。

　少しの間、先輩は私の中にペ○スを埋もれさせたまま動かなかった。

「く……熱くて、きついな……」

　先輩はゆっくりとした動きで腰を振り始めた。

「あぁっ……あっ、んっ……く……あはぁんっ！」

　ペ○スがあそこの中をなぞっていく感触が気持ちいい。気持ちよくて、私の腰も動き始めた。

「驚いたな。まさか本当の淫乱だったとはね……ふふ……」

「あんっ……あんっ、あんっ、あぁんっ……もっと……もっとぉ……」

　もう、なんて言われてもいい。だからもっと、もっとイカせて欲しい。

　そう思っている間に、先輩の動きが速度を増してくる。

「くっ……気持ちよすぎる……いくぞ……出すぞっ！」

「え？　あ……ひあぁぁっ！　あ、熱い、い……あああぁぁぁぁぁっ！」

　突然、中に吐き出された熱い精液の感触に、再びイッってしまった。

　私の中に精を放った先輩は、満足気な表情を見せながら、ペ○スを引き抜いた。

「あっ、んっ……ぁ……」

「物足りなそうな表情だな、さつき」

私は、小さく頷いていた。まだまだ物足りなかった。もっと……もっとして欲しい。

「ふふ、安心しな。まだまだたくさんいるんだからな。思う存分、贖罪してくれよ」

そう言って私から離れていく先輩と入れ替わるように、周りにいた男子たちが一斉に私に群がってきた。

その中の一人が、先を争うように私の中にぺ○スを挿入してきた。

「ああぁっ！　ひっ、んぅっ……そんな……突然……ひぁっ！　あっ！　あはぁっ！」

私の言葉なんて聞こえないかのように、その男子はいきなり激しく腰を振り始めた。

「あぁっ……あっ、あっ、あっ！　いぃっ……気持ちいぃっ！」

私は、男子の動きに合わせるように、激しく腰を振った。

それは男子のためではなく、自分のため。

自分が、もっと気持ちよくなるために、腰を振った。

もう、気持ち良さしか感じない。誰に犯されても構わない。気持ちよければそれでよかった。

挿入できない男子たちは、待ちきれない様子で、ぺ○スを私の体に擦《こす》りつけてくる。そして口にも銜《くわ》えさせられ、手にも握らされた。

私は逆らうことなく、ぺ○スたちに奉仕した。

気持ちよかった……もっと、気持ちよくして欲しい。

確か、七瀬先輩もこんな風にされていた。

七瀬先輩も、こんな気持ちになったのかな。

ふと、そんなことを考えていた……。

同日　美樹本俊貴［自宅・自室］　午後9時36分

ノートパソコンに向かいながら今日の事を思い出していた。

あれから、後輩の男子たちは代わる代わる何度も西野を犯していた。どうやら、密《ひそ》かに西野に憧《あこが》れていた男子も多かったらしく、とにかく、激しく犯していた。

西野は、嫌がる様子も見せずに男子たちを受け入れていた。

あんな可愛い顔をしていて、どうやら結構な経験があったらしい。

偏見かもしれないが、少々意外だったのは事実だ。

とりあえず、これからは西野さつきとも楽しめるようになった。

今日は思いどおりにことが進んだ。正直、ここまでうまく行くとは思っていなかったから楽しかった。

より多くの、正確な情報を集めてそれを行使する。そして、人を動かす。

俺の書いた贖罪新聞が学生たちを動かしていく。

さあ、明日はどうしようか。

そんなことを考えながら、俺はパソコンのキーボードを叩《たた》いた。


12月15日（金）　西野さつき［私立明美学院・特別教室］　午後3時58分

私は、マットの上に寝ころんでいる男子の上にまたがって、腰を振っていた。

あそこの中でペ○スが激しく蠢いている。

「あんっ……あっ……あああぁぁぁっ……」

腰を振るたびに、全身にしびれるような快感が伝わる。

今、私の中に挿入している男子は、同じクラスの男子だった。比較的近い席に座っているこの男子は、今日の授業中、私に向かっていやらしい視線を向けていた。

この男子だけじゃない。クラス内のほとんどの男子が、私のことをいやらしい目つきで見ていた。まるで、視線で犯されているようだった。

放課後になると、私は昨日と同じ教室によびだされ、そして昨日と同じように犯され始めた。

抵抗はしなかった。抵抗しても無駄だから……それなら素直に快感を受け入れたほうがよかった。快感に身を委《ゆだ》ねてしまったほうが気持ちよくなれるから。だから私は言われるまま男子たちを受け入れていた。

「ほら、もっと大きく腰振れよさつき」

「あんっ……あっ、んっ……こ、こう？」

言われたとおりに腰の動きを大きくする。

「うあっ……くぅ……そうだ、いいぞ」

男子の顔がいやらしく歪んだ。

同級生の私に命令して、言うことを聞かせるのが面白いらしい。小さい男……そんなことを思ったけど、私は素直に言うことを聞いていた。

「うっ、くっ……い、いくぞさつき……中に、中に出すぞぉっ！」

突然、男子の動きが激しさを増した。奥の奥を貫くような勢いで、ぺ○スがあそこを突き上げてくる。

「あっ、あっ……出してっ……奥に……奥に出してぇっ……」

中に射精される事にも抵抗を感じなくなっていた。中に出されるたびに、嫌悪感を覚えるけど、それ以上の気持ちよさが私を襲ってくる。

中に出されたほうが気持ちいい。ただそれだけ。

私は、意識的にあそこでぺ○スを締め付けた。

「うぉっ……くっ！　出る……くぅっ！」

ぺ○スが小さく痙攣《けいれん》した。そして、大量の熱い液体があそこの中に吐き出される。

「あぁんっ！　あ……い……あああぁぁぁぁぁぁぁっ！」

ネットリとした熱い液体の感触に、私の快感は一気に上り詰めた。全身が硬直して、頭の中が真っ白に染まっていく。

だけど、私はその余韻に浸っていることはできなかった。

今、私の中に射精した男子がいなくなると、すぐに次の男子が私の前にやってくる。

「じゃあ、俺も上に乗ってもらおうかな」

今度も、同じクラスの男子だった。

昨日までは対等に会話をしていた男子たち。それが、たった一日で立場は大きく変わってしまった。

「う、うん……」

言われたとおり、仰向けで横になった男子の上にまたがる。

男子の股間には、ヒクヒクと脈打つペ○スが天井に向かってそそり立っていた。

そのペ○スの先端にあそこの入り口をあてがい、ゆっくりと自分から腰を下ろしていく。

「んっ……あっ……く、くるぅ……」

あそこの内側をなぞるペ○スの感触に体が震える。

もう、なにもかもが気持ちいい。

きっと、またすぐに絶頂が押し寄せてくる。

もう何回イカされたかわからない。でも、男子たちはまだたくさん残っている。これから、どれくらいイカされるんだろう……。

そんな事を想像しているうちに、私のあそこはペ○スを奥深くまで銜え込んでいた。

「あ、あぁ……深いぃ……」

「根本まで銜えやがって、本当にさつきのあそこはいやらしいなぁ……そら、いくぞっ」

突然、男子が腰を大きく波打たせた。

「うあぁっ！　あっ……んんぅっ……」

さっきまで挿入していた男子とは違う感触があそこを出入りする。新しい快感に体が激しく反応する。

「くぅ……締め付けるっ」

「おい、早く出しちまえよ、後がつっかえてるんだから」

他の男子が突然口を挟んできた。

「もうちょっと楽しませろよ。口が開いてるだろ？」

「ばか、口じゃ満足できねぇんだよ」

男子たちの勝手な会話。私の意思なんて微塵《みじん》も考えられていない会話だった。

「じゃあ、後ろにでも突っ込むか？」

挿入している男子が、動きを止めていった。

「後ろか……いいな、それじゃ一緒にやるか」

そう言うと、その男子は私の後ろへ回り込んだ。

「う……後ろって……？」

「へへ、決まってるだろ？」

「え？　んぁっ！」

突然、お尻《しり》の一部が冷たい手で覆われた。手のひらが当てられたらしい。

ごつごつをした手のひらが、ゆっくりとお尻を撫で回す。

「うぅん……あぁ……」

あそこに挿入されたまま動かないぺ○スと、お尻を撫でる手の感触がもどかしい。

「あ……あぁぁぁ……」

「ふふ、さつきは本当に敏感だな……となると、ここもそうかな」

お尻を撫でていた手が、スッと移動したかと思うと、次の瞬間、お尻の穴に刺激が走った。指が当てられているらしい。

「ひぁっ！　な、なに……もしかして……」

「そう。こっちの穴でも銜えてもらおうと思ってね」

男子の指先がお尻の穴を刺激する。全身に寒気が走った。

「あっ、いっ、イヤっ……そこは、それだけはイヤぁ……」

「なに、淫乱なさつきのことだからなぁ、すぐにここでもイけるようになるって」

「そんな……ひっ……あぁっ！」

「さて、そろそろいいか……」

指の感触が無くなったと思うと、今度は別なものがお尻にあてがわれた。

さっきまで触れていた指先よりも太くて、熱い感触……

「い、い……イヤっ……止《や》めてっ、そんなの入らないぃ……」

「暴れるなって、大人しくしろよ」

逃げ出したいけれど、あそこに挿入している男子と二人がかりで腰を押さえつけられ、身動きが取れなくなる。

「イヤぁっ……止めて……止めてよ……」

「いいかげんあきらめろって」

そう言って、あそこに挿入している男子が大きく腰を突き上げてきた。

「ひぅっ！」

突然の刺激に体が硬直する。動きが止まる。

「よーし、いくぞさつき、力抜けよ」

「ひっ……い、いやぁ……あっ……ぐうぅぅぅっ！」

ぺ○スの先端が強引に侵入してくる。

お尻から脳天に向かって、貫かれるような痛みが走る。

「くぅ、さすがにきついな」

「い、あ……ああぁぁぁぁっ……だ、ダメ……キツいぃっ」

「一気にいくぞ」

男子は、私の言葉を無視して、一気にペ○スを押し込んできた。

「イヤぁっ！　あっ……あああああぁぁぁぁぁぁぁぁっ!!　あっ！　ひぅっ！」

あまりの激痛に意識が遠のいていく。

でも、私は気を失うことは許されなかった。意識を失うかと思った瞬間、思い切りクリトリスを摘《つま》まれ、その刺激が私の意識を覚醒《かくせい》させた。

「あ……ぐぅ……うぅぅぅ……」

あそことお尻にペ○スが挿入されている。息が、苦しい。

「さあ、動くぞ……」

「だめっ……動かしたらキツぃ……」

「大丈夫だって、すぐによくなる」

そういって、二人の男子は同時に腰を動かしだした。

二本のペ○スが、あそことお尻を刺激する。

「あぁっ！　あっ、ぐぅ……うあぁぁぁっ……」

まともな言葉が出てこない……ペ○スが動くたびに、頭の中に火花が散る。

「くぅっ、さすがにキツいな」

お尻に挿入している男子が嬉しそうな声で言った。

「へへ、こっちもキツくなったぜ。いい締め付けだ」

あそこに挿入している男子は更に大きく腰を突き上げてきた。

「う……ぐ……ぬ、抜いて……抜いてぇ……ひぃっ……あぁっ……」

「我慢しろって、すぐによくなるから」

「そんな……そんなこと……ない、ひっ……あぁっ！」

こんなのダメ。

お尻を犯されて感じるようになったら、もう戻れなくなっちゃう。

イヤ。感じたくない……感じたくないのに……。

「あっ……あはぁっ……んっ……んぅっ……」

「へへ、どうしたさつき。気持ちよくなってきたか？」

「ちが……うぅんっ！　んっ……くうううぅぅぅっ……」

なんで？

なんで、感じてるの？

私……お尻で感じてるの？

ダメ、そんなのダメ、ダメ……。

「だ、ダメだ、こんなに締め付けられたらもう……」

「じゃあ、さつきの中に一緒に出してやろうぜ」

「い、イヤぁっ、止めてっ……お尻に……お尻に出さないでぇっ……」

「安心しろよ、あそこの中にも、ケツの穴にもたっぷり出してやるから」

「あぁっ……イヤぁ……止め……あっ！　あはあぁぁっ！」

挿入している二人の動きが更に激しさを増す。

「あっ……あぁぁぁっ……イヤ……イヤあぁぁぁ……」

もう、どうすることもできなかった。

私はただ首を横に振って、刺激に耐えることしかできない。

「行くぞ……いくぞいくぞっ……うっ……くうぅっ！」

「いっ……いやっ……いやあぁぁぁっ！　ああああぁぁぁぁぁぁぁぁぁぁっ！」

あそことお尻の中にほぼ同時に熱い液体が発射された。

「あっ！　あっ！　イヤっ、イクっ……イ……イクうぅぅぅぅぅぅぅぅぅぅっ！」

頭の中が真っ白になっていく。

私、イッってしまった。

あそこと、お尻の中に射精されてイッってしまった。

もう、ダメかもしれない……私、もう、戻れないかも……。

「気持ちよかったぜさつき。お前はケツの穴も最高だな」

挿入していた男子がぺ○スを引き抜いていった。

私はもう自分の体を支える事ができなかった。男子の支えを失うと、私はマットの上に倒れ込んだ。

でも私には休むことは許されなかった。前の男子が離れていくと、すぐさま別の男子がやってくる。

「次は俺だな」

「じゃあ、俺はケツでやろうかな」

新しく男子たちは私の体を持ちあげると、それぞれ、あそことお尻にぺ○スをあてがった。

「あぁ……イヤぁ……」

もう、だめ。

もう、戻れない。

助けて……お兄ちゃん。

「今日も、たっぷり贖罪させてやるぜ」

あそことお尻に、同時にぺ○スが侵入してきた。

「あぐぅっ……うっ……あっ……あはああああああぁぁぁぁぁぁぁぁぁぁぁっ！」

贖罪はまだ始まったばかりだった。

同日　美樹本俊貴［私立明美学院・特別教室］　午後6時54分

俺と西野の二人だけが残っていた。

教室の中は、さっきまでの狂騒が嘘だったかのように静まりかえっている。

ぐったりとしてマットの上に倒れている西野の息づかいが聞こえてくる。

「今日も、随分と派手にやられたな」

俺は話しかけるわけでもなく、小さく呟いていた。

西野は、上級生だけではなく同級生や下級生からも人気があるらしい。思ったよりも西野さつきとやりたがっている男子は大勢いた。

学院で妹にしたいナンバーワンと言われているが、結局は欲望の対象ということなんだろう。

その証拠が、今の西野の姿だ。

全身を精液まみれにされて、前にも後ろにもさんざん中に出されて。一回射精しただけでは満足できない男子たちが何度も何度も繰り返し欲望を吐き出していた。

「ふふ、西野さつきは人気ものだな……お前の兄貴にも知らせてやりたいよ、妹さんはこんなにも人気者だって……」

「お……にい、ちゃん？」

見ると、西野が意識を取り戻していた。

「お兄ちゃんが……どうしたの……」

「なに、お前のこんな姿を見せてやりたいと言ったんだよ」

もちろん本気ではない。そんなことをしたら逆にやりづらくなるだけだから。

「ダメっ！　それだけは、それだけは止めてっ！」

突然、西野は大声を出した。

「な、なんだ……？」

「お兄ちゃんには言わないで……お願いだから……お兄ちゃんにだけは……」

どうしたと言うんだろう。やはり最後に残った唯一の家族だから、知られたくないんだろうか。

だが、それとも少し違っているような気がするが。まあ、それも調べていけばわかるだろう。

「約束はできないな」

俺はとりあえずそう言った。これで、西野に対する切り札が増えた。そう思った。

だが、西野の反応は予想とは違っていた。

「約束して……お兄ちゃんには言わないって……お願い……お願いだから……」

「言っただろう？　約束はできない」

「そんな……ダメ……約束して……」

「しつこいな……なんだったら、今すぐお前の家に行って兄貴に事実を伝えたっていいんだ。それがイヤなら……」

「ダメぇっ……そんなのダメ……お兄ちゃんに知られたら、私……」

どうしたと言うのだろう。そんなに兄貴に知られたくない理由があるんだろうか。

ここまで必死になると言うことは、なにかあるのかもしれない。それを探るのも面白そうだ。

今日はひとまず帰るとしよう。明日の贖罪新聞も用意しなければならないし。

俺は、じっとこちらを見つめている西野に背を向けて、教室を出ようとした。

「待って……約束して……お願いだから……」

「さっきも言っただろう。約束はできない」

俺は西野のほうを振り向かずに、ただそう言った。頭の中はすでに、明日の贖罪新聞の記事でほとんど埋まっていた。

そうして、扉の引き手に手をかけようとした瞬間。

「うぁ……」

脇腹に激痛が走った。

「な……なに……？」

なにかで内臓を抉られたような痛みだった。そこは、次第に熱い痛みへと変化していく。

それに伴って、意識が沈んで行くのを感じた。

後ろを振り返ると、血まみれのメスのようなものを持った西野さつきが立っていた。

「に……しの……？」

「え……わ……私……？」

西野自身も、自分の行動に驚いているようだった。

俺の意識に、急激に暗闇《くらやみ》の幕が下り始めた。

「い……い……いやあああああああああぁぁぁぁぁぁぁぁぁっ!!」

幕が下りきる瞬間、西野の叫び声だけが俺の耳に届いていた……。

第二話：バッドエンド。

第三話　結城まどか

2000年12月13日（水）　結城まどか　[私立明美学院・三階空き教室]　午前8時12分

最近、七瀬の様子がおかしい。

そのことはずっと感じていた。

だからずっと、七瀬と話をしたいと思っていたけど、ここ何日かまともに会ってすらいない。いつもなら毎朝電車で会えていたのに、今日も会えなかった。

時間に正確な七瀬がいつもと違う電車に乗るなんて、なにかあったのだろうか……。

あんな事件があったから、落ち込んでいるのかもしれない。もしくは、他《ほか》になにか悩み事があるのかも……。

でも、それならどうして私《わたし》に話してくれないの？　私はそんなに頼りないんだろうか。

私にできることならなんでもしてあげたい。七瀬のためならなんでもできる。それは嘘《うそ》じゃない……七瀬以外の人間だったら、きっとそこまではできないから。

今日こそは七瀬と会って話をしたい。

いや、違う。今日こそ七瀬と会って話をするんだ。

七瀬……。

そんな事を考えなら、まどかは駅から学校へ続く道を歩いていた。

いつも七瀬と二人並んで歩いていた道。二人一緒だとあっという間に過ぎてしまう道のりは、一人で歩いていると驚くほど長く感じた。

校門を過ぎて昇降口へ向かう。

学校独特のざわめきが辺りを包んでいる。

昇降口に入り、上履きに履き替え、教室に向かおうとしたとき、七瀬が昇降口に入ってくるのが見えた。

七瀬の周りには数人の男子学生がいた。

その男子たちに、体を支えられるようにして、七瀬は昇降口に入ってきた。

周りのあちこちから、ひそひそと囁《ささや》く声が耳に届いた。あたりを見回すと、七瀬と同じB組の学生たちだった。

まどかは、周りを気にせず、七瀬に近付いた。

「おはよう」

「……あっ、えっ……おはよう……」

まどかの声に反応して、七瀬は顔を上げた。

こうしてまともに七瀬と向き合うのは何日ぶりだろう。まどかは七瀬の目を見つめた。

そこには、まどかの知らない瞳《ひとみ》があった。

狼狽《ろうばい》している？　いや、それとはなにか違う気がする。

なんだろう、いったい……。

「七瀬、どうしたの？」

「……別に、なにもないよ」

七瀬は笑みを浮かべた。

無理をして浮かべた笑み。まどかはすぐに気付いた。いや、まどかじゃなくてもわかったであろう。それくらい、不自然な笑みだった。

「……そう、ならいいけど」

まどかも、曖昧《あいまい》な笑みを浮かべてそう言った。

まどかは確信を持った。

七瀬になにかが起きていること。そして七瀬がそれを隠しているということ……。

なにが起きてるの、七瀬？

聞きたい。でも、まどかは聞くことができなかった。

七瀬が話さないことを聞くことは七瀬を冒涜《ぼうとく》しているような気がしたからだった。

「じゃあ、私、先に行くね」

七瀬はそう言うと、まどかを置いて教室へ向かっていった。

その後ろ姿を見ながら、まどかは思った。

七瀬を助けたい。七瀬を苦しめているものから、救ってあげたい。

そう決意をして、まどかは教室へ向かって歩き始めた。

同日　結城まどか［私立明美学院・教室前廊下］　午後4時10分

まどかは、放課後になるとすぐに教室から飛び出した。

「よかった……」

思わず呟《つぶや》いていた。

七瀬のクラスはまだ授業が終了していないようだ。

今日こそは七瀬と話をしたい。だから、七瀬が教室から出てくるのを待とうと思っていたのだ。

そうして、まどかが廊下に立っていると、すぐに同じクラスの友達が何人か話しかけてきた。

まどかは、七瀬が教室から出てくるまで、雑談をする振りをしながら待っていようと思った。

それから数分して、七瀬のクラスから学生たちが出てき始めた。

まどかは待った。扉から七瀬の姿が現れるのを。

それは大して長い時間ではなかった。だが、まどかは七瀬に話しかけることができなかった。

七瀬は一人ではなかった。その周りには大張をはじめとした数人の男子たちがまとわりついていた。

七瀬は男子たちに囲まれたまま、昇降口とは違う方向へ歩いていく。まどかは、話をしていたクラスメートたちから離れると、七瀬の後を追っていった。

七瀬たちは階段を上っていった。

まどかは見つからないように注意しながらその後ろをついていった。

この校舎は古い部分と増築した部分が入り組んでいて、独特な広がりを持っている。

三年生になった今でも、すべてを把握しきれない。油断をしていると見失ってしまうかもしれない。

まどかは慎重に七瀬を追いかけた。

七瀬たちは、三階まで上がってくると、廊下の奥にある教室へ入っていった。

この辺りの教室は普段は使用されておらず、倉庫のように使われている。

鍵《かぎ》がかけられていたりするわけではないが、これといって学生たちがくるような場所ではない。

七瀬たちの姿が見えなくなると辺りは静寂に包まれた。まどかは、この校舎に自分一人だけ取り残されたかのような錯覚に襲われた。

こんなところで七瀬たちはなにをしているんだろう。

少しの間様子を見ていたが、誰《だれ》かが出てきたりする気配はしない。まどかは、一度辺りの様子を見回すと教室へ近付くことにした。

周りに注意を配りながら、七瀬たちの入っていった教室へ近付いていった。

扉の前まで来ると少しだけ教室内の気配が感じ取れる。中には結構な数の人間が集まっているように感じた。どうやら七瀬と七瀬を囲んでいた男子たち以外の人間もいるらしい。

なに？　いったいなにが……。

見ると、扉が歪《ゆが》んでいて、端のほうに隙間《すきま》ができている。

まどかはもう一度辺りを見回すと、その隙間に顔を近づけていった。

中の連中に気付かれないように、音を立てたりしないよう注意しながらゆっくりと顔を近づけていく。

少しずつ隙間から中の様子が見え始めた。もう少しで……。

「まどか先輩っ!!」

「うあっ……」

ふいに後ろから名前を呼ばれ、思わず声をあげた。

しまった……きっと気付かれた。

まどかは瞬時に立ち上がると、後ろに立っていた西野さつきの手を引いて扉から離れた。

まどかとさつきが廊下の角を曲がるのとほぼ同時に扉の開く音が聞こえた。

見られなかっただろうか……もしかしたら、見られたかもしれない。

まどかはさつきの手を取ったまま階段を下り始めた。

階を移動して少し歩いたところで、まどかはさつきから手を離した。

「まどか先輩、どうしたんですか？」

「いえ、別に」

「でも、凄《すご》く慌ててましたよ」

「いえ、そんなことは……それより、どうしたの？」

「別に用はないんですけど……なんとなく、まどか先輩を見つけたから」

「……それだけ？」

「はい」

そう言うと、さつきはにこやかな笑みを作った。

「用がないなら、じゃあ私、行くよ」

まどかはそう言うと、さつきを置いて歩き始めた。

「また、あそこの教室に行くんですか？」

「えっ……」

「あそこ、なにがあるんです。なにかこそこそしていたみたいですけど……」

「そんなことないっ！」

まどかはつい大きな声を出していた。さつきの表情が一瞬だけ固まる。

「あっ、エーと、なんでもないの、ホントに」

「じゃあ、まどか先輩、さつきとお話しましょう」

「……」

「ねえ、相談したいことがあるんですぅ」

「……わかった、わかった」

まどかは折れるしかなかった。

さつきを巻き込みたくはない。ここでさつきを帰して自分だけさっきの教室へ戻ろうと思っても、さつきのことだからこっそりとついて来かねない。

万が一にでも、巻き込んでしまうかもしれないという可能性を考えると、今日はこれ以上の深入りはできそうにない。

まどかは、さつきの頭を軽く撫でると中庭へ向かった。

移動しながら、ほぼ一方的にさつきの話を聞いてきた。予想はしていたけど、話の内容は他愛のないものばかりだった。

まどかはさつきの話を頭半分で聞きながら生返事をしていた。

同日　美樹本俊貴［私立明美学院・昇降口］　午後5時43分

俺《おれ》たちは、今日もみんなが満足するまで平松を犯し続けた。

平松は昨日のように途中で失神したりはせず、最後まで俺たちを受け入れ続けていた。

男たちのすることを拒絶したりはしないが、かといって性欲に溺《おぼ》れているようにも見えない。いったいなにを考えているんだろうか。平松を犯しながら、時々そんなことを考えたりする。でも、すぐに平松の体に夢中になってしまうことが多かった。時々、俺たちのほうが平松に操られているんじゃないかと思うときもある。まあ、ただの考え過ぎなんだろうが。

「なあ」

昇降口で靴を履き替えていると、突然大張が声をあげた。

「どうした？」

仲間の一人が聞き返した。

「明日、結城をやろうと思う」

会話はそこで止まった。誰もそこから先に言葉を繋《つな》げることができなかった。

大張は、返事がこないことをあらかじめ見越していたかのようにもう一度口を開いた。

「お前らも結城とやりたいと思わないか？」

その言葉で、ようやくみんなが反応した。

「ゆ、結城って……あの結城まどかのことか？」

「もちろんんだ、他に結城なんて思いつかないだろう」

確かにそのとおりだった。女で結城と言われれば、ほぼ全員が最初に結城まどかを思い出すだろう。彼女はそれだけ有名人だった。

「で、でも、大丈夫なのか？」

「お前、結城まどかとはやりたくないか？」

「そ、そりゃあできるもんなら……」

「じゃあ、問題ないだろう」

「でも……」

みんな歯切れの悪い返事しか返せないでいた。

結城まどか。

校内では知らない人間を捜すほうが大変だと言われるくらい有名な女子学生。平松と比べるとあまりにも名前が拡《ひろ》がっている。

それに、本人の性格を考えると、大人《おとな》しく泣き寝入りするようなタイプには見えない。

つまりは自分たちのやっていることをばらされるのが怖いのだ。

「今日のことは覚えてるだろう？　もしかしたら俺たちのやってることが結城にばれたかもしれないんだ。たとえばれていないにしても、きっとなにか気付いただろうな、結城がよほどのバカじゃなければだが」

「……」

他の仲間たちは沈黙を返すしかなかった。

今日、平松を犯している最中、扉の外から声が聞こえるというハプニングが起きた。そして、その声の主が結城まどかだったというのだ。

「それを考えれば、早いうちに口封じをしたほうがいいだろう、ということだ。どうだ?」

ここまで言われて、反対意見を返せるような奴《やつ》はいなかった。

「まあ……確かにそうかもな」

誰かがそう言うと、みんな一斉に頷《うなず》いた。

「でも、どうするんだ? そう簡単に言うことを聞くような奴には見えないけど……」

仲間の一人が、他のみんなの意見を代弁した。

その問いに、大張は笑みを浮かべた。

「そのことについてはもう考えてある」

すべては大張の思いどおりだった。

「お前らも少しくらいは知っているだろう。結城と平松の関係を」

「結城と平松? ああ、あの二人はレズなんじゃないかって噂も聞いたことがある」

「まあ、そういうことだ。見たところあの二人は随分と仲がいいみたいだからな、そこを利用させてもらうんだよ」

「どういうことだ?」

「いいか……」

大張は計画を話し始めた。まるで以前から考えていたかのように、要点を押さえた話しぶりだった。いや、大張のことだから本当に前から考えていたのかもしれない。

大張の話を聞いた仲間たちはみんな一様にいやらしい笑みを浮かべていた。

確かに、大張の言うとおりにすればうまくいくだろう。

明日になれば結城まどかが巻き込まれてしまう。

俺はまわりの男子たちにあわせて笑おうと思った。

でも笑えなかった。

なぜか、笑えなかった。

「あら、大張君」

不意に、後ろから声がかけられた。

みんなが一斉に振り返ると、数人の女子学生を従えた相澤成美《あいざわなるみ》が立っていた。

相澤成美。

三年女子のリーダー的存在。

表向きは品行方正で、見た目も手伝っていかにも優等生といった感じだが、その実、見えないところでイジメも行っている。

あたりまえのことだが、相澤成美がイジメを行っていることを知っている人間はほとんどいない。俺たちが知っているのは俺たちが大張の仲間だからだった。

相澤と大張は時々手を組んでイジメを行うことがあって、それに俺たちも参加したことがある。

外見とは大きく異なった性格をしている女。それが相澤成美だった。

「今日もお楽しみだったようね」

優雅な微笑《ほほえ》みを浮かべて、ごくさりげない口調でそういった。

あまりのさりげなさに危うく聞き逃しそうになったが、一瞬の間をおいてから、俺はその言葉の内容に驚いた。

相澤は俺たちのしていることを知っている。

なぜ……いや、大張との繋がりを考えれば知っていてもおかしくはないか。

「ああ、でも、たぶん明日になればもっと楽しくなるかな」

大張はどことなく挑戦的な笑みを浮かべてそう返した。

「どういうことかしら？」

相澤の口調が微妙に変わった。大張の言葉の意味を気にしている。

大張の表情が少しだけ意地悪く歪んだような気がした。

「明日は、人気者の結城まどかも一緒に楽しんでもらおうと思ってね」

その言葉に、いや正確には結城まどかという名前に、相澤は一瞬だけ反応をしめした。

ほんの一瞬のことだが、大張も気付いただろう。

「……それは？」

「ふふっ、明日になれば結城まどかを好きにできる……と言ったらどうする？」

郵　便　は　が　き

切手を
お貼り
ください

166-0011

東京都杉並区梅里2-40-19
ワールドビル202
株式会社 パラダイム
PARADIGM NOVELS
愛読者カード係

住所　〒 TEL　　　（　　　）			
フリガナ		性別	男 ・ 女
氏名		年齢	歳
職業・学校名		お持ちのパソコン、ゲーム機など	
お買いあげ書籍名		お買いあげ書店名	
E-mailでの新刊案内をご希望される方は、アドレスをお書きください。			

PARADIGM NOVELS 愛読者カード

このたびは小社の単行本をご購読いただき、まことにありがとうございます。今後の出版物の参考にさせていただきますので下記の質問にお答えください。抽選で毎月10名の方に記念品をお送りいたします。

●内容についてのご意見

(　　　　　　　　　　　　　　　　　　　　)

●カバーやイラストについてのご意見

(　　　　　　　　　　　　　　　　　　　　)

●小説で読んでみたいゲームやテーマ

(　　　　　　　　　　　　　　　　　　　　)

●原画集にしてほしいゲームやソフトハウス

(　　　　　　　　　　　　　　　　　　　　)

●好きなジャンル（複数回答可）

□学園もの　□育成もの　□ロリータ　□猟奇・ホラー系
□鬼畜系　□純愛系　□ＳＭ　□ファンタジー
□その他（　　　　　　　　　　　　　　　　）

●本書のパソコンゲームを知っていましたか？　また、実際にプレイしたことがありますか？

□プレイした　□知っているがプレイしていない　□知らない

●その他、ご意見やご感想がありましたら、自由にお書きください。

ご協力ありがとうございました。

大張は明らかに相澤を挑発していた。

相澤は自分よりも人気のある女が嫌いだった。いじめる相手も、すべてはそういった理由で選んでいる。

そして、結城まどかは紛れもなく人気者だ。相澤が結城まどかを嫌っているのは以前から知っていた。そして、隙のない結城まどかになにもできずにいることも知っていた。

その結城まどかを好きに出来ると聞いて、一瞬、表情を崩しかけたように見えたが、すぐにいつもの笑みを取り直した。

「どうする、と言われても……それは大張君におまかせするわ」

「ふふっ、いいのか？」

「ええ、存分に楽しめばいいんじゃないかしら？」

自分がわざわざ手を下すまでもない、ということだろうか。

結城まどかがいじめられるという事実があればそれでいいのだろうか。

それとも、まずは様子を見ようというのか。

相澤の考えていることはいまいちわからないな……。

そもそも、なんでそんなに人の目を気にするんだろうか。今でも十分に目立っていると思うが。それとも、なにか理由でもあるんだろうか……。

気になる。今日、家に帰ったら調べて見ようか。

俺がそんなことを考えているうちに、大張たちの話は終わったらしい。

二人は何事も無かったかのようにそれぞれのグループに向き直り、帰る用意を進めた。

今日はこれでお開きとなった。

同日　美樹本俊貴［自宅・自室］　午後9時08分

俺は椅子《いす》の背もたれに寄りかかりながら、今日のことを思い出していた。

平松七瀬、結城まどか、相澤成美。

役者が揃《そろ》ってきたと思っていいのだろうか。大張は、これからどうやって事を進めて行くつもりなんだろう。

とりあえず、明日になれば平松のイジメに結城まどかを巻き込むことになっている。

結城まどか、か……。

明るくて勉強もできる学校の人気者。大張グループの中にも結城のファンだと言ってる奴が何人かいる。もしかしたら、自分もそうなのかもしれない。

そして、人気者が嫌いだという相澤成美。

相澤は結城をいじめる機会を狙《ねら》っていると思っていたが、違ったのだろうか。

二年の春に隣の市から編入してきて、あっという間に女子たちのリーダーに成り上がった女。

常に他の女子学生を従えて歩く姿はまさに女王様といった感じだ。そして、見えないところでイジメを行う。

客観的に見ても平均以上の見た目をしていて、表向きは人当たりのいいお嬢様。結城まどかほどではないにしろ、男子からも女子からもそれなりに慕われている。

そう、結城まどかほどではない。

相澤にとってはそこが重要なんだろう。だから結城を嫌う。

相澤はなぜ自分より人気のある女が嫌いなのか。

ただ単に一番になりたいため？

自分の地位を守るため？

それとも、他になにか理由が……？

転校前になにかあったんだろうか。よく考えれば、二年の春に隣の市から転校してくるというは奇妙なことだ。

……確か相澤は私立垣野内《かきのうち》学園から編入してきたんだったな。

あそこには、昔の仲間が通っていたな……確か携帯電話に番号が入っていたはずだ。

俺は、携帯をとり出すとメモリを探した。その名前はすぐに見つかった。

ボタンを押す。数回、呼び出し音が鳴った後、相手が出た。

「よう、久しぶりだな」

「そうだな」

「どうした？」

「ちょっと調べてることがあるんだ。それで聞きたいことがあってな」

「はは、まあ、お前のことだからそんなことだと思ったよ。で？　なんだ、聞きたいことって」

相澤のことを簡単に話した。

「ああ、相澤の奴明美学院に行ってたのか。全然知らなかったな。あいつ、結構なお嬢様らしくて、それが原因でいじめられていたらしいぜ。聞いた話だと性的なイジメを受けてて、随分と酷《ひど》い目に遭わされたらしい。詳しいことは知らないけど、それで逃げてったんじゃないのか？」

「…………」

「どうした？」

「いや、ありがとう、助かったよ。それじゃあな」

「はは、じゃあな」

用件を話し終えると俺はすぐに電話を切った。

予想もしていなかった展開だ。さすがに驚きを隠す事は出来なかった。

あの相澤がいじめられていたとは……今の様子からは想像も出来ないことだった。

だが、事実を知れば、納得のいく説明も付けられる。今の相澤は、自分がいじめられないためにイジメを行っているんだろう。

自分より人気のある女をいじめるのもそうだ。嫌いなのではなく、怖いのだ。自分より上に立つ可能性のある人間が。

面白いネタが手に入った。

これがあれば、いつでも相澤の地位を失墜させることが可能だ。


2000年12月14日（木）　美樹本俊貴　［私立明美学院・三階空き教室］　午後12時47分

昼休み、俺たちは大張に言われて旧校舎の空き教室に集まっていた。

集まった仲間たちに向かって、大張は口を開いた。

「今日の放課後、結城まどかをやる」

その言葉に、他の男子たちの間から小さなどよめきが起こった。

「やり方は昨日言ったとおりだ。ふふ……これで、あの結城まどかも俺たちの言いなりだ」

すでに男たちは、だいぶ気持ちが高ぶっているようだった。

そうして、放課後まで鬱積《うっせき》した欲望は、すべて結城まどかに注がれることになる。

ここにいる男たちに……。

俺は、なぜか嫌悪感を覚えていた。

俺は、いったいなにに嫌悪しているんだろう。

わからない。でも、とにかく嫌な気分だった。

その後も大張がなにか話していたようだったが、それらは俺の頭には入ってこなかった。

話が終わって、空き教室を出た俺は、他の男子たちから離れてとある教室に向かった。

同日　美樹本俊貴［私立明美学院・三年生教室前廊下］　午後12時59分

その姿はすぐに見つけることができた。

相澤は取り巻きと一緒にいた。

一瞬、目を上げてこちらを見たが、すぐに元の場所へ視線をもどした。

相澤にしてみれば、俺は大張グループの中の一人でしかない。名前はおろか顔すらもまともに覚えてはいないのかもしれない。

今までは別にそれでも構わなかったが、今日はそうもいかない。俺は相澤たちのグループに近付いた。

「相澤、ちょっといいか」

俺が呼ぶと、相澤が再びこっちを向いた。取り巻きたちもまったく同じ動作をした。

「なにかしら？」

「ちょっと来てくれないか。一人のほうがいい。大事な話だ」

相澤は小さく眉《まゆ》を潜めて怪訝《けげん》そうな顔をした。俺が話しかけたのが意外だったのか、それとも、俺に話しかけられたのが気にくわなかったのだろうか。

「私、忙しいの。あまり相手はしていられないのだけど」

丁寧だがどこか棘《とげ》のある口調だった。

「結城まどかを好きに出来ると言ったら、どうする？」

「……どういう事かしら？」

探るような声だった。

俺は相澤が誘いに乗ったことを確信した。

同日　美樹本俊貴　［私立明美学院・階段踊り場］　午後1時07分

俺は結城を落とす手段を相澤に伝えた。

それを考えたのは俺ではなく大張だったが。

もしかしたら、相澤が俺の提案に乗ってこないのではないかという不安もあった。

もちろんその場合の対応も考えてはいた。昨日得た情報がそのまま相澤に対する武器になる。

しかし、それらは取り越し苦労に終わったようだ。

あまりにあっさり過ぎて意外と言えば意外な気がする。

「大張とは友達じゃなかったのか？」

「うふっ、まさか」

なにを言ってるの、とでも言いたげな微笑みを浮かべている。

悪い奴だ……。

「あなた、そんなに結城さんが好きなの？」

「どういうことだ」

「あははっ。こんなことまでして、彼女としたいんでしょう？」

相澤は、見下した目で俺を見つめた。

下心だけで動いているのだと、その目は語っている。

俺は否定もしなければ肯定もしなかった。下手《へた》に反応すると相澤の反感を買う恐れもある。それなら相澤の思いたいように思わせておけばいい。俺は目的が実行できればそれでいい。

「そういうお前はどうなんだ？」

「私？　嫌いよ、結城さんのこと」

あっさりした口調の裏に、どうしようもない悪意を感じた。

そこまで怖いのだろうか。

結城の性格を考えれば、相澤をいじめるなんてことはあり得ないと言ってもいいと思うのだが。

相澤にしてみればどんな人間でも違いはないのかもしれない。自分より人気のある人間は脅威の対象でしかないのかもしれない。

それらの想像はひとまず胸にしまい、話を先に進めた。

こちらから出した条件は、俺の存在を大張にばらさないことと、相澤の抱えている男たちを、利用すること。

そして、俺を参加させること……。


12月14日　発行　贖罪新聞　三年B組版
イジメの全貌《ぜんぼう》が発覚！　全解明は時間の問題。

貴方《あなた》たちが陰で行っている、陰惨なイジメの全貌が見え始めた。

筆者は以前から、内々的にこのイジメに関して調査を続けており、掴《つか》んだ情報のすべてを、今後しかるべき場所に届け出ようと考えている。

だが、もし今すぐ行為を止《や》めるなら、告発は止めよう。

もし止めない場合、しかるべき場所にイジメの内容を告発し、貴方たちに贖罪《しょくざい》させるであろう。

これがなにを意味するか、聡明《そうめい》な諸君はおわかりだと思う。

この警告を、いかに受け止めるかは貴方たち次第である。

だが、某女子学生への行いを、筆者は完全に把握しているので念のため。

今回、行為の内容を証明する写真の掲載を行わなかったのは、筆者の諸君に対する同情と考えてもらえれば嬉《うれ》しい。


なおこの新聞は読後焼却のこと。

もしもクラス以外の関係者にこのことを漏らした場合、その人物は贖罪されるであろう。注意されたい。


（贖罪新聞編集部）

同日　美樹本俊貴［私立明美学院・三年B組教室］　午後2時44分

みんな驚いた顔をしていた。大張も、そして、他の男子たちも。

当然だろう。あんな内容の贖罪新聞を見せられたのだから。

教室を移動する授業があって助かった。贖罪新聞を配るという行為は教室に誰もいない時にしか行えない。たとえばまだ誰も登校していない朝であったり、体育の授業中であったり。

うまくいくだろうか……とりあえず、この新聞を書いたのが俺だと言うことには気付かないだろう。そのために、新聞自体にも、二重三重の細工を施してあるのだから。

そんなことを思いながら他の男子たちの様子を観察していると、大張が仲間の男子たちを教室の後ろに集め出した。俺もその指示に従った。もちろん、他の男子たちと同じような表情を造りながら。

「今日は止めだ」

みんなが集まると、大張が開口一番そう言った。

「……」

誰も反論はしなかった。

大張の決定に反対意見を出して、納得させられるような人間はこの中にはいない。

「とりあえず、俺は様子を見て、色々探ってみる。いいか、絶対に、平松には手を出すな」

大張の表情は真剣だった。

男たちは、とにかく悔しそうな顔をした。

それはそうだ。大きく膨らんだ欲望、それも本能に直結する欲望を解放する場所が無くなったのだ。やりきれない思いでいっぱいだろう。

「俺たちのことを嫌っている奴の、ただの嫌がらせだと思うが」

誰かが小声で言った。その口調に、大張に対する期待が感じられた。

「この時期に問題は御免だ」

その一言で決着がついた。

男子たちはそれ以上なにも言わなかった。だが、大張に対する不信感が拡がっているのが見てとれた。

調子がいいものだ。安全な場所でさんざん蜜《みつ》だけを舐《な》めておきながら……。

そんなことを考えて、不意に自分がおかしくなった。自分だって大して変わらないのだから。

話が終わり、お開きになると大張をはじめとして他の男子たちは鞄《かばん》を持ってさっさと教室を出ていった。

俺は大張たちの波には乗らず一人その場に残った。鞄に荷物を詰め込みながら、平松のほうを見た。平松も同じように鞄に荷物を詰め込んでいた。

俺は鞄を机の上に置いて、平松の所に向かった。

今日することを伝えるために。

同日　結城まどか［私立明美学院・三年生教室前廊下］　午後3時31分

放課後になるとまどかはすぐに廊下へ飛び出した。

なんとしても今日こそは七瀬と話をしたかった。でも、そんな時に限ってホームルームの時間が長引いてしまった。

隣のクラスからは既に放課後のざわめきが聞こえてきていた。

まどかが教室から出た時点で、既にかなりの人数が教室からいなくなっているようだった。間に合って……。

まどかは七瀬のクラスに向かって駆け出そうとした。

「結城さん、ちょっといいかしら」

背後からかけられた声に、まどかは思わず舌打ちをしそうになった。

「今、急いでいるの後にして」

無視して駆け出したい気持ちをなんとか抑えて、そう口にした。この辺が結城まどかを優等生にしている部分なのだろう。

まどかはこんな時にも自分を作っている自分を疎《うと》ましく思った。

「そんなこと言って、いいのかしら？」

背筋を冷たい感覚が滑り落ちていった。思わず、声のしたほうを振り返る。

「……相澤さん？」

同級生の相澤成美が立っていた。いつも見るように、後ろには数人の女子学生を従えている。

彼女は、あまり自分のことをよく思っていないらしい。まどかは、そのことには気付いていた。でも、ここまであからさまに冷たい視線をぶつけられたことはない。成美をはじめとした女子たちはみんな、突き刺すような視線をまどかに向けていた。

まどかは、今までに経験したことのないほどの悪意を受けていた。

「な、なに？」

どうにかそれだけを口にした。

なにが起きているのかはわからないけれど、今は七瀬に会うことのほうが大事だ。まどかは何度も七瀬のクラスに目をやった。

まだ残っているだろうか、帰ったとしたら追いかけなければ……そんなことばかりを考えていた。

「ふふ、お目当ては平松さんかしら？」

まるで、まどかの考えていることを見抜いているように言った。

「どういうこと？　なにか知ってるの？」

まどかは思わず声を荒げていた。

「知りたい？」

成美はまどかの様子を見て笑っていた。

「っ……」

「結城さん、知りたい？」

「ええ、知りたい。だから……」

「じゃあ、私について来て」

成美はまどかの返事を待たずに歩き始めた。まどかは一瞬躊躇《ちゅうちょ》したが、成美の後を追って歩き始めた。一度だけ、七瀬のクラスを振り返った。

同日　結城まどか［私立明美学院・三階空き教室］　午後3時40分

まどかは見覚えのある階段と廊下を通って、昨日、中を覗《のぞ》くことが出来なかった教室に来ていた。古くなって使わなくなった机や、文化祭の時のみに使うような道具が置かれている教室だ。道具は端に寄せられていて、教室の中央はスペースが空いている。

まどかは、教室のほぼ中央に立っていた。まわりを成美たちに囲まれながら。

なんだろう、この空間は……そう思わずにはいられなかった。

「な……なに？」

自分の声が震えそうになっているのがわかった。

焦り、怒り……それと、少なからず恐怖も混じっているらしい。

「結城さん、急いでいるの？　だったら別に、帰ってもらっても構わないけど」

「……」

まどかと成美は対照的な表情をしていた。

「平松さんに関する大事なこと、知りたくなければね。ふふっ」

成美が笑うと、それを真似《まね》するように他の女子たちが同じような笑い声を出した。

ますますこの空間がわからなくなってきた。

「……話して」

早く七瀬のことを聞き出してここを出たかった。

「フフ。仕方ないなぁ、結城さんは」

まどかの心情を知ってか知らずか、成美はゆっくりと、からかうような口調で話を進めていった。

まどかは下唇を噛《か》んでいた。溢《あふ》れ出《だ》しそうになる苛立《いらだ》ちを抑えるように。

その様子を楽しげに見つめていた成美は、少しもったいつけてから話し出した。

「平松さんの様子を調べているみたいだけど……やめて欲しいのよね」

「なっ、なにを……それに、私は別に」

成美の言葉に、まどかは驚きを隠せなかった。まどかは大張を怪しいと思っていたのだった。

「平松さんをイジメていると思っているようだけど、勘違いしないで欲しいわ。彼女に頼まれて、私たちはやっているんだから」

「くっ……なんてことを……」

私たちという言葉の中に、大張たちが含まれているのだとまどかは思った。

成美が見えないところでそう言うことをしているという噂は聞いたことがあった。そのときは現実感のない、違う世界の話だと思っていた。だけど、その噂は本当のことだったのだ……そして、その対象として七瀬が選ばれた。まどかは更に強く下唇を噛み締めた。

「本当よ。彼女、父親が殺人を犯したことに罪の意識を感じて、贖罪のために私たちの自由になっているの」

「自由って……もしかして、七瀬に酷いことしたんじゃっ!!」

「酷いこと……なにをおっしゃっているのか、私にはわからないわ」

成美は嘘は言っていない。大張たちのグループが平松七瀬という女子学生をいじめている、ということは知っている。その内容もだいたいは想像がつく。しかし、実際にどのようなイジメが行われているのかは知らないのだ。

だが、まどかにとって見れば、成美がとぼけているようにしか思えなかった。

まどかの想像力は、飛躍した光景を頭の中に浮かび上がらせた。

それは正確ではないとしても、大きく間違ってはいないと思われた。

「……くっ……なんて酷い」

「だから、止めてと言われても困るの。ねぇ？」

成美はまどかから視線を外すと、まどかの周囲を取り囲んでいる仲間たちに同意を求めた。

それを受けて、女子たちは一斉に頷いた。

「あなたね」

「フフフッ。一つだけ、私たちも満足できて、彼女を救える方法があるの。知りたい？」

まどかが聞かずにはいられないことを知っていながら、あえて疑問を投げかけてくる。

「それは……なに？」

「まず、平松さんを結城さんが贖罪なんてしなくていいと説得して、それを聞き入れてもらうこと。これは彼女の同意の元で行われていることだから、止めるにも彼女の同意が必要だということね」

台本を読んでいるだけのような感情のない言葉だとまどかは思った。

「ええ、わかったわ」

「あとは、私たちに、平松さんの代わりになる人物を提供すること」

一瞬、空気が凍り付いた。まどかにはそう感じられた。

代わりの人物とは、つまりは自分のこと……。

私に犠牲になれと言っているのだ。そうすれば助けると。

「もちろん代わりになる人物というのは、結城さん、あなたのことだけど。フフッ」

成美の笑いに合わせて他の女子たちが笑った。

現実感が遠のいていくように感じられた。この教室全体がどこか別の世界のように思えてくる……。

そんな中で、まどかは悩んだ。

代わりになるということは、おそらくは体を捧《ささ》げろということ。いきなり体を捧げろと言われても……。

「ほら、結城さん、早くして。じゃないと私、もう帰るわ。話し合いは一度きりなの」

成美は、わざとらしく後ろを振り返る仕草を見せた。

「ま、待って！」

「平松さんの素敵な写真を、インターネットで流す準備をしないといけないの」

ここで、決断しなくてはいけない。

いや、すでに答えは決まってる。

七瀬のためになにかしてあげたい。七瀬のためならなんでもできる。その気持ちに嘘はない。

今、七瀬を守れるのは私しかいない。

私が七瀬を守るのだ。

その決心がまどかの口から言葉を紡ぎ出した。

「……わかったわ」

「フフフッ。ということよ、みんな」

成美にすればすべては予定どおりなのだろう。冷たい笑みを浮かべてそう言った。周りの女子たちもやはり同じように笑みを浮かべていた。

「じゃあ、まずはその証明をしてもらいましょうか」

「なにを……」

まどかは自分の声が小さく震えているのがわかった。

「決まっているでしょう。ここで服を脱いでもらうのよ」

「そ……そんなこと……」

「出来なければ帰ってもいいのよ。明日も今までどおり、平松さんの贖罪を私たちが手伝うだけのことだから」

「ま、待って……やるわ、やればいいんでしょ」

まどかは制服に手をかけた。

「恥ずかしいなら、私たちが脱がせてあげてもいいのよ」

「遠慮しとくわ」

まどかは、さっさと制服を脱ぎ捨てようとした。

「待って」

成美がまどかの動きを止めた。

「私の言うとおりに脱ぐのよ」

「くっ……」

「ふふ、まずはスカートね。それで、制服の上はそのままにして、ブラだけとってもらおうかしら」

まどかは一瞬なにかを言おうとしたが、すぐに止まって、その言葉に従った。

「ふふっ、色っぽくない脱ぎ方ね、結城さん」

「………………」

まどかは成美の言葉を無視して服を脱いでいった。

言われたとおり、スカートとブラジャーを脱ぎ去った。

「さあ、次は？」

「ふふ、それじゃあ、下に残っている邪魔なものも脱いでもらおうかしら」

まどかは無言で、下着に手をかけた。

「待って」

「今度はなに？」

「人気者の結城まどかさんのストリップを私たちだけで見るなんてもったいないわ。ふふ、折角だからもっとたくさんの人に見てもらいましょう？」

成美は、教室の端に行くとノックするように壁を叩《たた》いた。

「な……なにを……」

戸惑っていると、突然教室の扉が開いた。そこから、数人の男子学生たちが教室の中に入り込んできた。

「いや……なにっ？」

「おおっ、すげぇ、本当に結城とやれるのか？」

「見ろよ、へへ、やる気満々じゃねぇか」

「いやぁっ」

男子たちの視線を浴びせられたまどかは､恥ずかしさでその場にしゃがみ込んでしまった。

「ふふっ、ダメじゃない結城さん、しゃがんでたら見えないでしょう？　それとも、諦《あきら》めるのかしら？」

諦める……。

それは、七瀬のイジメが続けられることを意味する。

「わ……わかったわ……」

まどかは、ゆっくりと立ち上がった。

男子の視線があると言うだけで、恥ずかしさは何倍にも膨れあがっていた。

まどかと他の学生たちの間には歩いて数歩の距離が空いている。その距離が、余計にまどかの羞恥心《しゅうちしん》を煽《あお》った。

「く……」

まどかはゆっくりと下着をおろしていった。

大事な部分があらわになる。

「おおっ」

男子たちから声が上がった。

「もう……だめ……」

中途半端なところまで、下着を降ろしながらまどかはしゃがみ込んだ。

「ふふ、いいのよ帰っても。親友と言っても所詮《しょせん》は他人ですもの。誰も結城さんを責めたりはしないわ」

成美は相変わらず冷たい笑みを浮かべてまどかを見下ろしていた。他人を見下した視線。でも、その奥にはなにか憎しみやそういったものとは違う感情が漂っているように見えた。

それを見て、まどかは少しだけ冷静さを取り戻していた。

「わかったわ、見せればいいんでしょ」

そう言うと、半端に足に残っている下着を脱ぎさり、あそこを見られるのも構わず立ち上がった。

「……さあ、脱いだわ」

「ふふ、じゃあ、平松さんの代わりがつとまるかどうか、試させてもらいましょうか」

成美がそう言うのとほぼ同時に、今まで見ているだけだった男子たちが前にでた。

「なっ、なにを……」

まどかは思わず後ずさった、でも、後ろには成美の取り巻きが壁を作っていた。

「あ……」

取り巻きたちがまどかの体を押さえつけた。まどかは両腕を後ろに回されて、身動きがとれないようにされる。

「は、離してっ……」

まどかは身をよじって女子たちの腕を振り払おうとしたが、複数人で押さえつけられた腕は離れてはくれなかった。

「すげぇ……本物の結城まどかだ……」

「え……」

いつの間にか、目の前に男子たちの姿があった。

「なっ……なに……」

「ふふ、たっぷりと可愛《かわい》がってもらいなさい、結城さん」

成美はそう言うと、まどかの腕を掴んでいる女子たちに向かって顎《あご》をしゃくった。

すると、まどかは掴まれていた腕を解かれ前に突き飛ばされた。

「きゃっ！」

危うく転びそうになるところを目の前にいた男子たちに支えられた。

「おっと……へへ、こんな格好の結城に抱きつかれるなんて光栄だね」

「え、あ……いやっ……」

慌てて離れようとしたまどかだが、それは出来なかった。腕を掴まれて、あっという間に床に引き倒されてしまう。床にはマットが敷いてあった。

裸同然の格好でマットの上に倒れ込んだまどかを、ほかの学生たちが取り囲んでいた。

男子たちは息を荒くしながら、女子たちは見下すような醒めた笑みを浮かべながら。

「いや……なにを……」

まどかは慌てて自分の腕で体を隠そうとしたが、それより先に男子たちが襲いかかってきた。

「いやぁぁぁぁぁぁぁぁぁぁぁぁぁっ！」

あっという間にマットの上に押さえつけられた。

両手を両足を押さえつけられ、なすすべもなく体を晒《さら》す。

男子たちの視線が全身を舐めていく。

唾《つば》を飲む音がまどかの耳に響いた。中途半端に残っている制服が余計に男子たちを興奮させているようだった。

「やめて……お願い……」

だが、逆にその言葉を合図にするように男子たちはまどかの体に手を伸ばした。

体中に男子たちの手が這《は》い回《まわ》る。

「いや……やめて……お願い、やめてっ……」

　まどかがいくら頼んでも、男子たちの手は止まらない。それどころか、まどかがなにか言えば言う程、男子たちは興奮したように体を撫《な》で回《まわ》していく。

「あっ、くっ……いや……やめてっ……あっ……」

「もう諦めろよ、すぐに気持ちよくしてやるから」

「そうそう、素直になったほうが楽だぜ」

　男子たちはまどかの体を撫で回しながら口々に誘惑の言葉を投げかける。それは魅力的な麻薬のようにまどかの意識に浸透していく。

「い、いや……うっ、くぅ……」

　まどかは体に群がる男子たちの周りにいる女子たちを見た。女子たちは男子たちに弄《もてあそ》ばれているまどかに見下すような視線を投げつけていた。まるで汚いものでも見るかのような、蔑《さげす》むような視線を。

　助けを期待していたわけではなかったが、女子たちの冷淡な眼差《まなざ》しにまどかの心は傷ついた。

　視界が黒く染まっていくような気がした。いっそこのまま意識を失ってしまったほうが楽かもしれない、そう思ったけど、それはできなかった。絶え間なく襲ってくるもどかしい快感がまどかを現実に引き留めていた。

「んっ……く……あんっ……」

「へへ、そろそろ感じてきたんじゃないのか？」

「そんなこと……ない……」

言葉では否定したが、自分の体が反応し始めていることはわかっていた。

でも、それを素直に認めることはできない。それは誰のためでもなく、自分のプライドのためだった。

「なかなか強情だな。ふふ、いつまで保《も》つかな」

突然、乳首が摘《つま》まれた。

「あふっ……く……んっ……」

「乳首がこんなになってるぜ、ほら、ビンビンだ」

そう言いながら、男子は摘んだ乳首をこねくり回す。

その様子を見て、周りの女子たちが笑い声をあげた。その声がまた、まどかの心に爪《つめ》を立てる。

「い、いやぁっ……だめ……やめて……」

「我慢するなよ、気持ちいいだろ？」

「違……うぅ……んっ……あぁっ……」

まどかは、男子の言葉に負けてしまいそうになる気持ちをどうにか押さえつけていた。

このまま快感に溺れてしまえば楽になる。

それはとても甘美な誘惑。

でも、それは……。

「へへ……見ろよ、あそこが湿ってる」

「ダメっ、そこは……あっ！　んんんぅっ！」

今まで直接触れてこなかった部分に男子の指が触れた途端、今までよりも大きな声が溢れた。体がビクンッと跳ねる。

その様子を見てまた女子たちが笑った。

「あっ……あぁっ……」

男子たちの欲望と女子たちの嘲笑《ちょうしょう》がまどかを包んでいた。

心と体の距離が離れていくような気がした。

「すげぇ、奥からしみ出してきてるぜ」

「あ、あぁ……ちがうぅっ……」

言葉で否定することが、まどかに出来る最後の抵抗だった。

「嘘つけ、こんなに濡《ぬ》れてるじゃないか」

「ダメ、ダメ……やめ……あぁぁぁっ！」

男子の指がまどかの膣《ちつ》を無造作に広げた。

必死で固持していたものが崩れていく音がした。押さえつけていたものが溢れ出ていく。

「すげぇ、どんどん溢れてくるぞ」

男子たちの視線が一斉にまどかの股間《こかん》に集中する。

「本当だ、しかも奥がヒクヒクしてるぜ。いやらしいな」

「あぁ……いや、ダメ……」

見られている。意識すれば意識するほどあそこが熱くなっていく。

「ちゃんと撮《と》れてるか？」

「あぁ、もちろんだ」

「え……？」

とる？　とるって……。

まどかは男子の会話の聞こえた方向に目を向けた。

一台のビデオカメラがレンズを自分に向けていた。

「ぁ……そんな……」

まどかの全身から力が抜けた。

「ふふ、今頃《いまごろ》気付いたのかしら？　最初から全部撮っていたのよ」

「そんな……」

撮られていた。これでもう、まどかの動きは封じられたも同然だった。

「もっともっと撮ってあげる……結城さんの恥ずかしいところ、結城さんが見られたくないと思ってるところ、全部さらけ出させてあげる」

成美の目には、悪意に満ちた光が宿っていた。

まどかは自分に向けられている敵意を感じ取った。

ろくに話もしないような相手に、なぜここまでの敵意を向けられているのだろう。

どうして……。

成美やその取り巻きの女子たちから敵意を向けられているということに、涙が出そうになった。

「ふふ、大人しくなっちゃったわね、そろそろいいんじゃないかしら？」

「ああ」

成美の言葉に、ビデオカメラを持っていた男子が答えた。

その男子は持っていたビデオカメラを他の男子に渡すと服を脱ぎ始めた。それに合わせるように、他の男子たちも服を脱ぎ始める。

「な……なに……」

「ふふ、わかってるでしょう？」

手早く裸になった男子たちは、マットの上に倒れ込んでいるまどかを無理矢理立ち上がらせた。

「なに……い、いや……やめて……お願いだから……」

男子たちはまどかの声を無視すると、わずかに残っていた制服を脱がせた。これで、まどかの体を覆うものは何一つなくなってしまった。

「い、いやっ……離してっ……」

体を隠そうにも、男子たちに体を掴まれてどうすることも出来ない。

「へへ、お前が最初だろ？　羨《うらや》ましいな」

まどかの体を捕まえている男子は、そういうとまどかを前に突き放した。

「きゃっ……」

そこには、さっきまでビデオカメラを持っていた男子が待っていた。

突き飛ばされたまどかを支えると、まどかの背中から腕をまわし、オッパイとあそこに手を伸ばした。

「あっ、んっ……ダメ……やめ……あんっ」

「結城さんはもう待ちきれないみたいよ、早くしてあげたら？」

成美が楽しげな笑みを浮かべて言った。

「ただし、ちゃんと私たちも楽しめるようにね」

「ああ」

後ろの男子は小さく呟くと、まどかの体に回している腕をほどいた。

「んっ……え……きゃっ！」

まどかの体を浮遊感が包んだ。

後ろの男子が、両膝《りょうひざ》の裏に手をまわして持ち上げたのだ。

まるで、周りのみんなに大事な所を見せつけるかのような格好だった。

「いやぁ……こんな格好……」

「入れるぞ」

大きくそそり立ったペ○スがあそこにあてがわれる。

「だっ……ダメ、だめ……いやぁっ！」

まどかは首を横に振って嫌がった。でも、男子のペ○スは容赦なくまどかの中に入り込んできた。

「あっ……あぁぁっ……」

まどかはセックスの経験がないわけではない。

挿入されても、すでにだいぶ濡れていたせいかほとんど痛みはなかった。その事実が哀《かな》しかった。

ペ○スは容赦なくまどかの中へと侵入してくる。

「奥までいくぞ」

「え……あっ！」

次の瞬間、まどかの身体《からだ》を持ち上げていた両手から力が抜けた。

まどかの全体重が二人の繋がっている部分に集中する。

途中まで入り込んでいたペ〇スが、強引に根本まで突き刺さる。

「うあぁぁぁぁぁっ！　あっ！　くううぅんっ！」

脳天まで突き抜けるような刺激がまどかを襲う。

まどかのあそこは、今までに経験のないくらい奥深くまで、ペ〇スを銜え込まされた。

「あぁっ、く、うぅ……ふかい……んっ、あんっ」

挿入している男子が腰を振り始めた。まどかの体を持ち上げたまま、立ったまま下から突き上げてくる。

「うぅっ……くっ……こんなの、いやぁ……あっ……あぁんっ……」

体全体を上下に揺らされながら、あそこを突き上げられる。さっきまで焦《じ》らされてきたもどかしさが解放されていく。

ペ〇スが出入りするたびに愛液が溢れ出ていくのがわかった。

「あんぅっ……くっ……あんっ……き、きもち、いい……」

その瞬間、周りを包んでいたざわめきが消えた。

そして、みんなが一斉に笑った。

「あはは、結城さんが感じてるよ」

「みんなの見てる前で犯されるのが気持ちいいんだね」

「変態」

「淫乱《いんらん》」

次々と投げつけられる言葉がまどかを責め立てる。

「ちがう……ちがう……私は、そんな……あんっ……んっ……」

まどかは首を振って否定しようとした。でも、絶え間なく突き上げてくる快感がまどかの言葉を中断させる。

「だ、だめ……そんな……激しい……んっ……んぁっ……」

まどかの体は快感に素直に反応していた。ぺ○スに突き上げられるたびに、声が溢れ出す。

まどかの体は絶頂へ登り詰める事を期待していた。

それをわかっているかのように、男子の腰の動きが激しさを増していく。

「まどか……」

挿入している男子が、まどかにしか聞こえないくらいの小さな声でそういった。

ただ、名前だけを呼んでいた。

なぜか、その言葉が、まどかの体を更に熱くした。

「あっ、あぁっ……いいっ……私……もう……もうっ……」

「くっ……中に……中に出すぞっ」

「え？　だ……ダメぇっ！　それは、中は……あっ……あんっ！　あんぅっ！」

男子は今までで一番奥までぺ○スを突き入れた。

それと同時に、まどかの奥深くめがけて精子が飛び出した。

「あっ！　ひぁっ！　あ、ううううぅぅっ……イッ、イクうううぅぅぅぅぅぅうっ！」

奥に当たる熱い感触に、まどかは激しい絶頂を迎えた。

ずっと焦らされていたもどかしさが一気に解放されたまどかは、意識が白く濁っていくのを感じた。

その中で、女子たちの大きな笑い声と、挿入していた男子がもう一度呟いた自分の名前が耳に残った。

まどかは挿入されていたぺ○スを抜かれるとマットの上に横たえられた。体を隠すこともせず、ぐったりとしていた。

その姿を見ながら、女子たちがまた言葉の刃《やいば》を投げつける。

「そんなに気持ち良かったのかしら」

「見られながらイッちゃうなんて変態ね」

「ほら見て、あそこから白いのが出てきてる、いやらしい」

一人がなにか言うたびに、嘲笑が浴びせられる。

でも、まどかはもう反応はしなかった。

言いたければ言わせていればいい。そう思えば、傷は浅く済む。

反応すれば、更に酷い言葉が飛んでくる。

そうすれば更に深い傷が作られる。もっと辛《つら》くなる。

だから今は……。

そんなことを考えていると、さっきまで挿入していた男子とは別の男子たちがまどかを取り囲んだ。

「やっと俺たちの番だな……」

女子たちとは違う笑いを浮かべながら、男子たちがまどかの体に群がってきた。

「あっ……あぁぁぁぁぁぁっ……」

まどかは、再び犯され始めた。

同日　結城まどか［私立明美学院・三階空き教室］　午後5時48分

まどかはマットの上に横たわっていた。

あれから何度も何度も、男子たちの欲望を受け入れ、女子たちの嘲笑を受け止めた。

体も心も疲れ切っていた。

教室の中にいた学生たちのほとんどはすでに帰っている。今ここに残っているのはまどか以外には成美とその取り巻きが数名。そして、成美のすぐ側《そば》でビデオカメラを持っている男子が一人。

「ふふ、わかっているとは思うけれど、このことは平松さんには秘密にしておいてね」

成美が言ってきた。

返事はしなかった。ただ、軽く頷いた。

そんなことは当たり前だから。こんなこと、言えるはずがないから。

「もちろん、他のお友達や先生方にも内緒よ」

「……ええ、わかったわ」

「ふふ、一応確認としてね」

「本当に……」

「ん？」

「本当に、これで七瀬へのイジメはやめてくれるんでしょうね」

「ふふ、私たちを信じることね、結城さん。あなたにはそれしかできないんだから」

「……本当にそう」

「それより、平松さんをどうやって説得するかを考えたほうがいいんじゃないかしら？

平松さんて、気が弱そうに見えるわりには、結構強情そうだもの」

そんなこと、あなたには言われたくない。

まどかは、思わず口から出そうになった言葉を飲み込んだ。ただ少し、成美に向けた視線に険しさが混じった。

「ふふ、まだそんな顔ができるのね……明日も楽しみにしてるわ」

そう言い残して、成美とその取り巻きたちは帰っていった。

一人だけ残っていた男子が、教室を出る時に一度だけまどかのほうを振り返った。

どこか醒《さ》めたようなその目には少しだけ哀れみが混じっているように見えた。

扉が閉じられると沈黙が訪れた。

明日から、こんなことが毎日行われるのかと思うと、背筋に寒気が走る。

「…………」

まどかは制服を身につけると、一人教室を後にした。

同日　平松七瀬　[自宅・自室]　午後4時12分

ベッドの上に寝転がって、天井を見ていた。

子供の頃に見た天井とは、違う天井のようだ。

それは天井に限らないのかもしれない。

私の部屋にあるものすべてが、まるで違うものにすりかわったみたいだった。

「平松、今日は学校ではしないから家に帰ってるんだ。後で行くからな」

放課後に男子に言われた言葉。それだけで、なにが起きるのか私には伝わった。

そう言われたから、私は放課後になるとすぐに家に帰ってきた。そして、シャワーを浴

びると部屋着に着替えて自分の部屋に入った。
もうすぐこの部屋は私の部屋じゃなくなる。
この部屋だけじゃない。この家もきっと、私の家じゃなくなってしまう。
でも、私は逃げない。
これは贖罪だから……。
だから私はここで男子たちが来るのを待っている。
時が止まったかのような静寂の中で、時計の音だけが響いてる。
シャワーを浴びてから、どれほどの間こうしているのだろう。
時計を見ようかと思ったとき、突然玄関のチャイムが鳴った。
私はベッドから起き上がると、ゆっくりと階段を降りていった。
玄関の前まで来ると、もう一度チャイムの音が鳴った。
私は、誰が来たのかを確かめもせず、ドアを開いた。
外には数人の男子の姿があった。
「……？」
私は少しだけ疑問に思った。
全員見たことのない男子たちだったからだ。
でも、そんな考えはすぐに消え去った。

誰が来ても関係ないのだ。誰が相手でも、贖罪ができれば、それで構わない……。

「や……やぁ、平松」

男子は、どこか緊張しているようだった。

「さあ……入って」

私はドアから手を離して、男子たちを家に招き入れる。

「お、おいおい……本当かよ……本当に、平松と……？」

囁き声が聞こえた。背中に視線が集中しているのがわかる。

男子たちはそそくさとした様子で靴を脱ぐと、次々と家の中にあがってきた。

「こっち」

私は振り向かずに、自分の部屋に向かった。

部屋の中に入っても、男子たちはすぐにはなにもしようとはしなかった。

ヒソヒソと、仲間同士でなにかを囁きあっていた。

なにを、話しているんだろう。話の内容ははっきりとは聞こえてこない。時々「本当にやっていいのか……」「……が、なにしてもいいって……」そんな言葉が切れ切れに聞こえてくるだけだった。

「私は、どうすればいいの？」

私は男子たちに声をかけた。

私の声に男子たちが一斉に振り返った。

「今日はどうすればいいの？」

私はもう一度聞いた。

「ほ、本当に、なにしてもいいのか？」

男子の一人がそう言った。

私は頷いた。今更そんなことを聞かれるとは思ってもいなかった。

「じゃ、じゃあ、服を脱いでそこに寝てもらおうか」

少し震えた声で、男子は言った。

「わかった……」

私は着ている服をゆっくりと脱ぐと、ベッドの上に裸で横になった。

脱いでいる間、男子たちの視線がずっと注がれていた。

「ほ……ほんとにいいのかよ……お、おい、平松……」

男子の一人が視線を送ってきた。

私はなにも答えなかった。

男子たちが一斉に唾を飲み込んだ。

視線が胸やあそこに注がれている。

まるで生き物のように私の体にまとわりついてくる。

「んっ……」

私はガマンできずに、体をよじらせた。

それが切っ掛けだったのか、男子たちの空気が変わった。

「も、もうガマンできねぇ、く、平松、平松ッ！」

一人が手を出してきた。

すぐ後に、手が四本になった。

手はどんどん増えてきて、そしてそのすべてが私の体に触れた。

「ひぁぁっ……んぁぁっ……」

突然の刺激に、軽い絶頂を迎える。

「ひ、平松、入れるぞっ！」

いつの間にか男子の一人が脚の間に入り込んでいた。

その男子は目を血走らせて、慌てるように自分のペ○スを握ると、私のあそこにそれをあてがった。

ペ○スがあそこに触れると同時に、いやらしい音が荒い息遣いの中で聞こえた。

そして、あそこを広げていくように、ペ○スが襞《ひだ》をかきわけて侵入してくる。

「んぁぁっ……き、気持ちいい……」

ペ○スはすぐに深いところに到達した。

私の体を這う手の動きが、荒々しくなった。

全身を手のひらが愛撫《あいぶ》していて、あそこには深いところまでペ○スが入っている。

「ほら、いくぞ、平松」

男子が私の足を持ち上げて、腰を動かし始めた。

「ひぁっ……あんっ……き、きもち……いいっ……ああっ……」

「平松のあそこ、めちゃくちゃ締め付けやがるっ……くっ……」

ゆっくり動いていているペ○スがだんだんと速くなっていく。

「あっ……あぁんっ……い、いい……んぅ……」

「くっ、ガマンできねぇ、平松、しゃぶってくれ」

そう言って男子の一人がズボンの中からペ○スを取り出してきた。

私はそのペ○スに顔を近づけて、ゆっくりと銜《くわ》えてあげた。

「くぉっ……平松が俺のを銜えてる……」

銜えてあげた男子は感動したように、私の髪の毛を撫でた。

「んっ……ちゅっ、じゅっ……ぴちゅ……んむっ……ん、ん、んっ……」

「ぐっ……平松、うめぇな……めちゃきもちいいっ……」

男子がうめいた。

「くそっ……おまえら早くイけよ、後がつかえてるんだからよ」

他の男子たちがイライラした声で怒っていた。

「まぁ、もうちょっと待てよ、平松も気持ちよくしてやらねぇと可哀想《かわいそう》だろ？」

そう言ってあそこにペ○スを突き入れている男子が、私の足を持ち直した。

腰が浮くような格好になって、私はアソコの奥まで、激しいペ○スの責めを受けた。

「んんんっ！　んっ！　んんっ……じゅる……じゅっ……んっ、んっ、んっ……」

快感が、私を白い靄《もや》に包もうとしている……。

でも、口の中のペ○スも気持ちよくしてあげなきゃ……。

私だけ気持ちよくなるわけにはいかない。

これは贖罪なのだから……。

「んむっ……んっ……はむっ……んっ、ちゅ、くちゅっ……」

ペ○スが喉《のど》で細かく震えているのがわかった。

「ぐっ……それ気持ちいい……平松っ……」

「んっ……ちゅっ……んっ……んっ……ん、ん、んむぅうっ！」

「くっ……そろそろいくぞっ……」

「俺もだ……よし、一緒にいくかっ……」

ペ○スが気持ちいいところに当たる。

「んんんっ！　んっ……んんっ！」

私は口の中のペ○スに助けを求めるように、激しく吸い付けた。

「ぐっ、それ……もう、ダメだっ、出すぞ、出すぞ平松っ！　くぅっ！」

喉の奥に熱いのが吐き出された。

「んぐぅっ！」

飲もうとしなくても、その精液は喉を流れていった。

私はむせ返りそうになるのを堪《こら》えて、ビクビクしているペ○スに更にしゃぶりついた。

「平松、いくぞ、中に出すぞ、くっ、いくぞっ！」

あそこに入れている男子の腰の動きが突然強くなった。

その反動で、舐めていたペ○スが勢いよく口の中から跳ねて、私の顔を叩いた。

「ぁぁっ……いやぁ……んっ……きちゃう……あっ……イク……いくぅぅぅっ……ぁぁぁっ……イ……クゥウウッ……」

お腹《なか》の中が熱くなっていく……。

たくさん出されている……そんなことを考えながら、私は白い世界へと堕《お》ちていった。

同日　美樹本俊貴［自宅・自室］　午後9時49分

学校を出た後、俺は平松の家に向かった。

平松には、今日は学校ではやらないから家に帰って待っていろ、ということを伝えていた。

そして、相澤の抱えている男子たちを向かわせた。平松とやれる、ということを伝えると、その男子たちは欲望に目をぎらつかせていた。

俺が平松の家に着いたとき、男子たちはまだ平松のことを犯していた。

平松を犯す、と言うことによほど興奮していたのだろうか、全員一回や二回ではなく繰り返し平松の体を蹂躙《じゅうりん》していた。

俺は、その時挿入していた男子が射精した時点でその場をお開きにした。まだ物足りなそうにしている男子もいたが、明日はもっと楽しめるということを言うと大人しく帰っていった。そのまま、俺も平松の家を後にした。

平松七瀬と結城まどか。

親友同士と言われている二人。

その二人が明日は……。

相澤もよく考えるものだ。

まあ、いじめられる者の気持ちは、いじめられたことのある人間がよくわかっているのかもしれない。

いじめられた経験があるから、考えつくこともあるのだろうか……。

俺は、ふとそんなことを考えていた。

２０００年12月15日（金）　結城まどか　［私立明美学院・三階空き教室］　午後３時35分

まどかは昨日と同じ教室に来ていた。

「いらっしゃい、結城さん」

成美の冷たい笑顔がまどかを迎えた。

教室の中には一目では数えられないくらいの男女が揃っていた。まどかは軽い眩暈《めまい》を感じた。

「ほら、早く入りなさいよ」

扉の所で立ちすくんでいたまどかの手を、一人の女子が勢いよく引っ張った。

そのまま、まどかは他の学生たちに押されて、部屋の中央まで移動させられた。

そこには、昨日と同じようにマットが敷かれていた。

「じゃあ、さっそく始めてもらいましょうか」

成美が言った。

周りを見ると、男子も女子も、みんないやらしく歪んだ笑みを浮かべていた。

いやだ。

こんな連中に犯され、罵倒《ばとう》されるなんて。きっとまた、体も心もうち砕かれそうになる。

「ほら、早く脱げよ」

じっとしているまどかに、男子が声をかけた。

「……いや……」

まどかは思わず呟いていた。

「おいおい、なに言ってるのかわかってるのか？　逆らえるような立場じゃないだろうが」

「脱がせて欲しいんじゃないの？　結城さんは変態だから無理矢理やられるようなのが好きなのよ、きっと」

男子の言葉に女子が続いた。そして教室が震える程の笑いが巻きおこる。

笑い声に包まれているまどかを成美が冷ややかに笑いながら見つめていた。

昨日以上の悪意と欲望が教室に満ちていた。

ここからは逃げられない。

すべては七瀬のため。そう思えばなんでもできる……。

まどかは、自分から制服に手をかけた。そして着ているものをひとつずつ床に落としていく。

まどかが服を脱いでいく姿を、男子たちは息を潜めながら、女子たちはクスクスと小さな笑いを零《こぼ》しながら見つめていた。

それほど時間はかからなかった。すべてを脱ぎ終えた瞬間、唾を飲む音が教室に響いた。

その音を合図にするかのように、男子たちがまどかに襲いかかってきた。

同日　美樹本俊貴［私立明美学院・三年B組教室］　午後4時02分

教室の中には俺と平松だけが残っていた。他の学生たちは放課後になるとさっさと帰っていった。大張たちも例外ではなかった。

教室内には沈黙が満ちていた。

掛け時計の秒針の音がやけに大きく聞こえてくる。

俺は平松のほうに目を向けた。

平松は自分の席に座って、窓の外に目を向けていた。

物憂げな表情にも見えるが、なにを考えているのかはまったくわからない。

こうして改めて見ると、確かにいい女だと思った。派手な印象はないが、どこか目が離せない雰囲気を持っている。伏し目がちな表情に心がくすぐられる。男子たちに人気があるのも頷けた。

こうして一対一でいると危うく引き込まれてしまいそうだった。俺は平松から視線を移動させた。

その時、教室の扉が開いた。

目を向けると、相澤が立っていた。

「ふふ、お待たせしたみたいね。さあ、行きましょうか」

俺は無言で頷くと平松の席へ近づいた。

「行こうか」

俺の言葉に平松は小さく頷いてから立ち上がった。

「こっちよ」

相澤の後を俺と平松はついていった。

今日のイベントの準備をするために。

同日　結城まどか［私立明美学院・三階空き教室］　午後4時37分

「あんっ……い、いぃ……あっ……イクぅっ！」

「へへ、またイキやがった」

まどかはもう何度も絶頂を迎えていた。

男子たちはまどかに休みを与えることなく責め続けた。口、手、胸、あそこ、お尻《しり》……まどかの体のあらゆる所を使って高ぶった欲望を吐き出していった。

まどかは、男子たちが与えてくる快感を素直に受け入れていた。それどころか、自ら積極的に腰を振り、快感を求めていた。

そのほうが楽だったから。だから、逆らったりせず、男子たちを受け入れた。

なにかあるたびに女子たちから嫌味や嘲笑を投げつけられたが、快楽に浸ってしまえばそれも大して気にはならなかった。男子たちが絶え間なく刺激を与えてくるから、快感に浸ることは難しくない。

ここにいる人間たちは、自分がいやがる姿を見たいのだ。いやがって、恥ずかしがる結城まどかが見たいのだろう。

その要求に素直に従う必要はない。それならば快楽を貪《むさぼ》っているほうがましだった。

しかし大丈夫だろうか……毎日こんなことを続けられて、私は正気でいられるんだろうか……本当に快楽に溺れてしまうようなことにはならないだろうか。ふと、そんな不安にも駆られてしまう。

でも、これでいいんだ。

これで七瀬が助かるんだ。

そう思えばなんでも耐えられるような気がした。

七瀬は今頃なにをしてるんだろう……。

また、一緒に帰れるようになれればいいな。

そんなことを考えていた。

その時、扉の開く音が聞こえてきた。

なんだろう。また、新しい男子が増えるのだろうか……さっきからそういう形で後から参加してくる男子がいた。

だが、どうも様子が変だ。

扉のほうがざわついている気がする。

まどかは、男子を受け入れたまま、扉のほうに目を向けた。

予想は外れていた、どうやら男子ではなく女子だったらしい。

快楽で濁った視界がゆっくりと鮮明になっていく。そこに立っている人物がはっきりしていくにつれ、まどかは自分の体温が下がっていくような気がした。

なんで……なんでこんな所にいるの……なんで……？

「七……瀬……」

まどかの声に、扉の前に立っている七瀬が口を開いた。

「ま……どか……？」

視線がぶつかった。

そこで、お互いの存在を確かめ合った。

「い……いやあああああぁぁぁぁぁぁぁぁぁぁぁぁぁぁあっ！」

まどかの絶叫が教室を震わせた。

そして、それを聞いて、他の学生たちは笑っていた。

「七瀬……なんで……なんで、そんな……」

「ふふ……ほら平松さん。親友の結城さんがお呼びよ」

「あっ……」

成美に背中を押し出されて、七瀬は前に進み出た。他の学生たちが、更に七瀬を前に押し出していく。

そして、突き飛ばされるように、まどかの前に倒れ込んだ。

「きゃっ」

「い、いやっ……七瀬っ、見ないで……ダメ……」

「まどか……あ……んっ……」

「ふふ、それじゃあ、お二人に友情を確かめ合ってもらおうかしら？」

いつの間にか二人の横に立っていた成美が言った。

「え……あっ！」

まどかは突然両腕を掴まれたかと思うと、マットの上に引き倒された。そのまま、用意してあったらしいロープで、手足を縛りつけられる。

「さあ平松さん、結城さんを気持ちよくしてあげて」

成美の言葉に、七瀬は不思議そうな表情を見せたが、すぐにその言葉を理解したようだった。

ゆっくりと服を脱ぎ始める。

制服を脱いだ七瀬の姿を見て、まどかは息を呑《の》んだ。

七瀬は制服の下に下着は付けていなかった。

下着の代わりに全身をロープで縛られ、あそこにはバイブが挿入されていた。

「ひ、酷い……」

「ふふ、親友同士肌を合わせるのにこれは邪魔でしょうから、取ってあげるわ」

成美は七瀬に絡みついているロープをほどき、あそこに挿入されているバイブを引き抜いた。

「あっ、んっ……」

バイブが抜かれた瞬間、七瀬の口から官能的な声が漏れた。

まどかが今までに聞いたことのない声。聞きたくなかった声。

それを聞いて、まどかは哀しくなった。

「さあ、結城さんがお待ちかねよ、平松さん」

「七瀬……」

「……ごめんね……まどか」

七瀬はマットの上に押さえつけられているまどかに覆い被《かぶ》さるとその体に舌を這わせ始めた。

「あぁ、ダメ……七瀬、やめてっ……」

七瀬はまどかの言葉を無視するかのように、舐め続けた。

「ダメ、七瀬……ダメ、ダメ……あっ……」

言葉とは裏腹に、まどかの体は快感に反応していた。

その様子を見て、周りの学生たちが笑っていた。

「ふふ、平松さん。結城さんの大事な所が物欲しそうにしてるわよ」

また、成美の声が飛んでくる。七瀬はその言葉に素直に従った。

まどかはそこを隠そうとしたけれど、ロープで縛られているため、どうすることもできなかった。

無理矢理開かされているまどかのあそこに、七瀬が顔を近づけた。

「あぁ……ダメ……ダメぇ、七瀬……」

「ごめんね……」

七瀬は一言そう言うと、まどかのあそこに舌を付けた。

「あっ……はんぅっ……やめ……て……な、なせ……」

まどかは、言葉でせめてもの抵抗をしてみたが、どうにもならなかった。七瀬の舌が敏感な所に触れるたびに、体中に電流が流れるような快感が走る。

「あ……やめ……あんっ……」

「ほら、結城さんも平松さんのを舐めてあげなくちゃ。ふふふっ、自分ばかりしてもらってちゃ心苦しいでしょう？」

成美の言葉を聞いた女子たちが、七瀬の片足を持ち上げ、まどかにまたがらせるような格好をさせた。

まどかの目の前に、七瀬の大事な部分が晒される。

そこは、さきほどまでバイブが刺さっていたせいか驚くほどに濡れていた。

「あ……あぁ……見ないで、まどか……」

「見ろよ、平松のあそこがパクパク言ってるぜ」

「結城に見られて喜んでるんじゃないのか？」

「ほら、なにやってんだ、お前も早く舐めてやれよ」

まどかの腕を掴んでいた男子は、その手を離すと今度は七瀬の腰を掴んだ。そしてまどかの顔に七瀬の腰を押し付けた。

「七瀬……あ……んっ……」

まどかの目の前に、七瀬の女の部分が迫る。

そこは、なにもしていなくても小さく蠢《うごめ》いていた。

七瀬……期待しているの？　舐めて欲しいの？

まどかは、ゆっくりと七瀬のあそこに舌をつけた。

「あっ……んっ……ま、まどかぁ……」

「七瀬……七瀬……んっ……ちゅっ……」

いつの間にか二人は、夢中でお互いのあそこに舌を這わせていた。

「ふふ、やっぱり二人は親友なのね、こんなに一生懸命になって」

教室に笑い声がこだました。

しかし、まどかと七瀬はそんなことは気にせずに、お互いを慰め続けた。

しばらくの間、周りの学生たちはその様子を黙って見ていたのだが、男子たちはずっともぞもぞと体を動かしていた。

「ダメだ、もう我慢できないっ」

一人がそう言ったのがきっかけだった。

「え……あっ！」

「七瀬っ？　な、きゃっ！」

男子たちが一斉にまどかと七瀬に襲いかかっていた。二人はあっという間に引《ひ》き剥《は》がされた。

「あんっ……まどかぁ……んっ！　あぁぁっ！」

「な、七瀬に酷いことしないでっ……んっ……くうぅっ！」

二人ほぼ同時にぺ○スを挿入された。

二人とも男子たちに囲まれ、犯され始めた。

男子たちに阻まれ、お互いの姿が見えないのがせめてもの救いだった。

同日　結城まどか［私立明美学院・三階空き教室］　午後6時27分

「二人とも、いい格好ね」

成美の醒めた視線が、マットの上のまどかと七瀬に注がれていた。

二人ともぐったりとして、返事をすることもできなかった。

「ふふ、まあいいわ。明日からもよろしくね、結城さん、平松さん」

成美は、そう言い残して教室を出ていった。

教室内にまどかと七瀬だけが残された。

横を向くと、すぐ近くに七瀬の顔が見えた。七瀬は目を閉じていた。気を失っているのかもしれない。呼吸に合わせて胸が小さく上下している。

「ごめん……七瀬……」

まどかはほんの小さな声で呟くと目を閉じた。まだ動ける状態じゃない。七瀬が起きるまで待っていようと思った。

目を閉じて、いろんなことを考えた。

これまでのこと、これからのこと。

これから、自分や七瀬はどうなるんだろうか。自分はともかく七瀬だけは助けたい。

「ごめんね……まどか」

不意に上から声が聞こえてきた。

ふと目を開けるとすぐ鼻先に七瀬の顔があった。

「七瀬……？」

見ると、七瀬が自分に覆い被さるようにしていた。

「ごめんね、まどか……ごめんね……」

「七瀬……え……んぅっ？」

一瞬、なにがおきたのかわからなかった。視界がふさがれ、唇に温かい感触が広がった。七瀬にキスをされているのだと気付くのにしばらくかかった。

「んはぁ……はぁ……ど、どうしたの七瀬」

「まどか……綺麗《きれい》にしてあげる……」

「え……あっ、なっ……んっ！」

突然、七瀬がまどかの胸に口を付けた。

そのまま、胸だけでなく、体中を舐めていく。

「あ、んっ……や、やめて七瀬……そんなことっ……あっ」

七瀬は、無言でまどかの体を舐め続けた。

男子たちから送られる荒々しい刺激とは違う、七瀬の優しい舌触りがまどかに新しい快感を与えていた。

「ダメ……ダメ、七瀬……そんな、私……」

「まどか……ここも……」

七瀬の舌が、まどかのあそこに触れた。その途端、まどかの体を電流が駆け抜けた。

「あっ！　んっ……んんんんんぅっ！」

背中を反らしながら絶頂へと達してしまった。

「はぁ……はぁ……」

目を開けると、七瀬が自分の顔を見つめていた。

「まどか……気持ち良かった？」

「ダメ……七瀬、こんな……私……」

「もっと綺麗にしてあげる」

「あっ……ダメっ……あんっ！」

再び、七瀬はまどかの大事な部分に口を付け始めた。

それから、まどかは何度も七瀬にイカされた……そして気付くとまどかも七瀬の体に舌を這わせていた。


それから、二人は服を身につけた教室を後にした。

思えば一緒に帰るのは久しぶりの事だった。

お互い、無言だった。ただ、ずっと手を繋いでいた。

まどかは七瀬の手の温かさを感じながら考えていた。これから先のことを。どうしてこんなことになってしまったのかを。

きっとこれから先、もっと辛いことが待っているに違いない。

なんとかして七瀬を助けたい……たとえそれが出来なくても、せめて自分が盾になってあげたい。一緒にいて、出来る限り守ってあげたい。

せめて、それだけでも……。


12月22日（金）　結城まどか［平松宅・七瀬の部屋］　午後10時47分

まどかは、今週に入ってから七瀬の家で生活をするようになっていた。

父親に事情を話して、そうさせてもらっていた。もちろん、父親には詳しいことは話していない。今、七瀬の家には七瀬一人しか住んでいないから、あんな事件があったあとだし、一緒にいてあげたい。そういう説明をした。

予想していたよりもあっさりと了解を得ることが出来た。

連日のイジメは終わりを見せることなく続けられていた。

今日もまどかと七瀬は、成美を中心としたグループから与えられる屈辱を耐えてきた。

はじめのうちは同じ学年の男女だけが相手だったが、次第に他の学年、つまり下級生たちまでこのイジメに参加するようになっていた。

おそらくは学生全員がこのイジメのことを知っているはずだ。

今までは普通に話せていた友達も、今ではまともに目を合わせようとはしてくれない。

味方は一人もいなかった。

それも仕方がないとは思った。

私は親友を選んだのだ。他の誰よりも七瀬と共にいることを選んだ。

まどかはそのことについては後悔はしていなかった。

今でも、どうにかしてこの状況を抜け出す方法を考えている。だが、今のところ有効な手段は見つかっていない。

哀しいことだが、男子たちに体を好きにされることにも少しだけ慣れてきた気もする。

このまま、イジメに飽きるまで待つという手段もないわけではない。それでもやはり七瀬だけは早く解放してあげたかった。

それというのも、最近、七瀬の様子がおかしいからだった。

元々どこかぼうっとした雰囲気のある七瀬だが、最近はなにかが違う。ぼうっとしてるというよりは反応が薄い気がする。

このままでは取り返しのつかないことになる。まどかは直感的にそのことを感じ取っていた。

でも、どうすれば？

そのとき、まどかはあることを思い出した。

それは、いつだったか、ある男子から言われた言葉だった。

「まどか、俺の女になる気はないか……俺だけの女に」

その時はなにも答えられなかった。なにを言っているのかよくわからなかった。だから、答えられなかった。

あの男子……確か美樹本とかいう名前のその男子は、いつも成美の側にいる男子だ。

男嫌いと噂の成美が美樹本とだけは対等の会話を交わしていた。

成美が対等に話をするのは、男子たちのリーダーである大張だけだと聞いたことがある。

その大張は最近学校では姿を見ないようになった。

だとすると、あの美樹本が新しいリーダーなのだろうか。ない話ではない。

その美樹本が私に、自分だけの女になれ、と言っている。

そこに交渉の余地を見つけ出せないだろうか。

「…………」

まどかは、隣で寝ている七瀬に目を向けた。

この家に来てから、まどかと七瀬は同じベッドで寝ることにしていた。

ひとつのベッドの上で二人抱き合うようにして眠る。学校で、どんなにつらい仕打ちを受けても、こうして七瀬を抱きしめていれば、それも癒《いや》された。
私は癒される……でも、七瀬はどうなんだろう。
「七瀬……」
まどかは小さく名前を呟いた。
決心はついた。
少しでも、七瀬を助けられる可能性の高い方法を選ぶ。いや、助けてみせる。
私は、いつも七瀬から受け取ってばかりだから。
まどかは七瀬の頭を軽く自分のほうに抱きよせた。
胸の部分に七瀬の顔が埋まる。温かな感触。
その感触を感じながら、まどかは眠りについた。
明日は早く起きて学校へ行かなくてはならない。
そして、美樹本に会って伝えるのだ。
「あなたの女になる」と。

第三話：バッドエンド。

第四話　相澤成美

２０００年12月14日（木）　相澤成美［私立明美学院・廊下］　午後5時50分

私《わたし》は、結城さん一人を残して教室を出た。

ついに、あの結城まどかを陥れることができた。

なかば諦《あきら》めかけていたことだったけれど、ついに実現した。

明日からどうしようか……。

さっきの様子では、まだまだ心は屈していない様子だった。

徹底的にしなければ。もっと、徹底的に。

「ふふっ……」

口から、なぜか笑いが漏れていた。なにがおかしかったのかは自分でもわからない。

ただ、笑ったほうがいいような気がしたのだ。

私が笑うと、私の後ろにいる女子たちが同じように笑った。

私にいつもついてくる女子たち。私の言うことに従っている女子たち。

きっと、彼女たちには余裕の笑いに見えたのだろう。私はそう理解した。

この子たちは強い者についていく人種だ。そして、私は女子たちのリーダー。だから、この子たちはついてくる。

弱みを見せてはいけない。

私は、強くなくてはいけない……。

同日　美樹本俊貴［自宅・自室］　午後8時55分

俺《おれ》は、ノートパソコンに向かいながら、今日のことを思い出していた。

ついに、結城まどかへのイジメが始まった。

思っていたよりも簡単に事は進んだ。

結城は、そこまで平松が大事なのだろうか。友達とは、親友とは、そんなに大事なものなのだろうか……。

わからないな。

まあいい、俺は贖罪《しょくざい》新聞を書き、情報を操作して学生たちを動かしていく。

まずは大張をなんとかしなければならない。

大張は勘がいいし頭もいい。今日はなんとか動きを抑えることができたが、一時的なものでしかないだろう。きっと、すぐに気付かれる。

だが、とりあえず、その辺は考えている。

俺には情報がある。大張を抑えることができる情報。

大張が昔いじめられていた時の情報だ。

今でこそ男子たちのリーダーとして君臨している大張だが、昔はいじめられていた。かなり酷《ひど》いイジメだった。

今、大張の下についている学生たちの中には、当時大張をいじめていた男子もいる。

当然面白くない部分もあるだろう。

それを利用して贖罪新聞を作る。

そうすれば、大張を抑えることもできる。

まて……大張だけじゃない……今の俺なら同時に相澤を失墜させることも可能だ。

男子のリーダーと女子のリーダーを失墜させることができる。

だが、あの二人をリーダーの座から引きずり落としてどうする？

俺は人の前に立ってリードしていくようなタイプじゃない。

では、他《ほか》の誰《だれ》かを新リーダーに？

しかし、今、大張や相澤の代わりになるような奴《やつ》はいないだろう。

いや……わざわざリーダーを立てる必要はないのかもしれないな。

リーダーがいなくても、行為を進めていくことは可能だ。無理そうなら、その時点で新しいリーダーを立ててもいい。

俺は、ひとつの方法を考えた。

「…………」

面白いかもしれない。

俺は、さっそくそのための贖罪新聞を書き始めた。

２０００年12月15日（金）　相澤成美［私立明美学院・三階空き教室］　午後５時11分

目の前では、相変わらずいやらしい光景が続いている。

平松七瀬と結城まどか。

校内でも男子たちに人気の高い二人が、ひたすら男子たちに犯されている。

二人ともすでに快感の虜《とりこ》になっているようだった。男子たちを受け入れ、自ら腰を振っている……。

そう。こうなったら、受け入れるしか方法はない。抵抗は無駄だ。抵抗すれば、余計に辛さが増すだけ。

だから受け入れる。

男の言いなりになる……。

不意に背筋に寒気が走った。

思い出したくもないことが、脳裏に蘇《よみがえ》る。


１９９９年１月20日（水）　相澤成美［私立私立垣野内学園・体育倉庫］　午後５時11分

複数の手が、私の体に伸びていた。

脱がされるのはあっという間。必死に抵抗したって、これから起こる事は変わらない。

いつからだろう、こんなふうになってしまったのは。

思い出すのも億劫《おっくう》になるほど、私は長い間男たちの好きにされていた。

私は今日も男たちの中にいる。

これが、私の日常だった。

「ほらよ、相澤、さっさとしゃぶるんだよ」

「ぐぅっ……んっ……はぁ」

口の中にペ○スがねじ込まれる。優しさなんてない。虐げるように私の口の中を犯していく。

こういうのは好きな人とだけするものだと思っていたのに。

「ほら、なにボケっとしてんだ、しゃぶれよ」

「うっ……うぅぅぅ……」

男子が私の顔を持ち上げてペ○スを口の中に突き入れた。喉《のど》に到達しそうなほど深くペ○スを銜《くわ》えさせられる。

「うっ……げほっ……うっ、うううっ、うっ……んぅっ！」

苦しい、やめて……私は懇願するようにその男子を見上げた。でも、返ってきたのは不気味な薄ら笑いだった。

「ほらっ、いくぞ、いくぞっ、相澤っ！」

「んぅぅぅっっ！」

口の中に大量の精液が吐き出された。

「くっ、良かったぜ、相澤」

口の奥深いところまで挿入されていたぺ○スがゆっくりと引き抜かれた。

唇との間にいやらしい線が結ばれた。

口の中が精液でいっぱいになっている。

こんなの飲みたくない……。

「おい、相澤、まだ濡《ぬ》れてないじゃないか。早く濡らせよ」

いつのまにか別の男子が私の後ろに回ってあそこを覗《のぞ》き込《こ》んでいた。

「うっ……ぅぅぅん」

私は男子の視線から逃れるように体をよじらせた。

でも、男子の視線は絡みついたまま離れようとしない。

「おいおい、逃げるんじゃなくて、早くあそこを濡らせって言ってるんだよ、聞こえないのか？」

「うっ……うぅぅぅ」

そんな、いきなり濡らせなんて言われたって、できるわけない。

私は口の中に精液をためたまま、顔を横に振った。

でも男子は面白半分に私の髪の毛を掴《つか》むと、思いっきり引っ張った。

「じゃあ、その口の中の精液を自分のあそこに塗ればいいだろう。そうしたらすぐにでも濡れてくるぜ」

「んぅぅぅっっ！」

髪の毛を掴んでいる男子は、そう言ってニヤリと笑った。

そして私の手を掴んで、その指を精液が溜《た》まっている口の中に無理矢理突っ込んだ。

ヌルヌルした感触がした。

「んっ……んぅっ！　んんんんっ！」

「なに抵抗してるんだよ相澤。俺たちの奴隷だってのが、まだわかってないのか？」

言葉が私の心を突き刺す。

私は自分の意思をもってはいけないらしい。

「くくっ……ほら、お前の口に入っていた精液だぜ……？　相澤ちゃん」

唇から引き抜かれた指は、ヌラヌラと光っていた。

たっぷりと、精液がついていた。

「い……いや……」

「おい喋《しゃべ》るな。口の中のをこぼすなよ。それはお前のあそこに全部塗るんだからな」

男子が、開きかけた私の唇を無理矢理塞《ふさ》ぐ。

私の口の中は、精液の臭《にお》いで充満した。

「さて、ほら、相澤……その指をあそこに塗るんだ……たっぷり濡れるまで、しっかりと塗るんだぞ」

薄気味悪い笑い声と不気味な視線が私を包んでいた。

そんな……妊娠しちゃう……。

「ほら、はやくしろって言ってるだろうが。ぶたれたいのか？」

男子がまた私の髪の毛を引っ張ってくる。

……やるしかなかった。

「んっ……」

私は震えている指を自分のあそこにもっていくと、精液まみれの指で大切なところを触った。

いやらしい音がした。男子たちの顔に好奇の色が浮かぶ。

どうして。

どうして濡れてるの、こんなに酷い事をされているのに。

「おいおい、もしかして濡れてるんじゃないのか、コイツ」

そう言いながら数人の男子が、私を羽交い絞めにしてあそこを覗き込んでくる。

「ふぐっ……んぅっっ！」

見ないで……恥ずかしいから、お願いだから……

「うわっ、コイツいきなりこんなに濡らしてるぞ、へへ、精液アソコに塗るってのに興奮してやがる」

「ほら相澤、まだたくさん残ってるだろう。全部塗るんだよ。中にも塗るんだぞ」

男子たちはそう言ってまた笑った。

中にだなんて……そんな……絶対いや……いやなの……。

でも私は逆らうことなんてできない。きっと、逆らったらもっと酷い事をされるに決まっている。

私は仕方なく、ヌルヌルした気持ちの悪い指を自分のあそこに沈めていった。

「んんうぅぅっ！　……んっ……んぅっ……」

「くくっ、よがってるぞ、変態が。ほら、まだ口の中にたくさん残ってるんだろうが、それも塗るんだよ」

私は自分の中に入れた指を引き抜くと、また精液を指に絡み付けた。

口から白いのが出てる……。

でも、口の中にはまだたくさんの精液が溜まっていて、全部塗りつけることはできなかった。

指が白い精液で光っている。

こんなにたくさんあるのに……私のあそこに塗らなくちゃいけないなんて……。

「ほら、もうわかってるんだろう？　はやく自分のあそこにそいつを塗るんだよ」

私はたくさんの精液で濡れた指を自分のあそこにもっていくと、膣《ちつ》の奥深いところまで挿入した。

「んっっ……」

指は悲しいほどあっけなく私の中に入っていった。そして指についた精液を膣の中に塗っていく。

私の指が動くたびにいやらしい音が聞こえてきた。

「くくっ、興奮してるぞ。いやらしい音をたてて俺たちを誘ってる」

「う……ううっ……！」

首を振って否定した。

でも、それは男子たちを面白がらせるだけだった。

「なにが違うもんか。今だって口の中に精液を溜め込んで、自分のあそこに塗りたくるのを楽しんでいるんだろう？」

「うぐっ……そんな……」

私は精液まみれの口で否定した。

「じゃあなんだ、吐き出すか？　いいんだぞ、吐き出してもよ。ほら、吐き出してみろよ、

「ほら、はやく……はやく」

男子は私の目を睨《にら》みつけた。

吐き出すなんて……そんな事できるわけなかった。

そのあとになにをされるかなんて、わかりきっていたから。

男子たちが私の顔を薄ら笑いを浮かべて見ている。

口の中の精液を、飲み込むしかなかった。

「んっ……んっ……ごくっ……んぐっ……」

「ひゃはははは！　うまそうに飲んでるよ」

教室が揺れるかと思うくらいの笑い声が私を取り囲んだ。

喉を通る粘っこい味。

すごく飲みにくい……。

喉の奥がすごく不快だった。

こんなの飲ませるなんて……普通じゃないよ……。

「んっ……はぁっ……飲みました……」

「くくくっ、どうだ？　精液の味は、病み付きか？　おかわりは欲しいか？　ひゃははっ！」

「うっ……ぅぅぅっ……ううっ……もう……もうっ……うっ……」

いつの間にか私の目から涙がこぼれていた。

惨め過ぎるよ……こんなのないよ……。

「おいおい泣くなって、終わったみたいな顔するなよ、俺たちは全然満足してないんだから」

男子が私の目の前に立っていた。いつの間にか全員が裸になっていた。

「おねがい、おねがい……やめて……もうやめてぇ……」

「うるせぇ」

無骨な手のひらが、私の頬《ほお》をぶった。

「あうぅぅっっ！」

「へへへっ、入れるぞ」

そして男子のペ○スが私の中に侵入してきた。

いきなり奥深くまで挿入される。

「あっ……んぁぁぁぁあっ！」

全身がペ○スに串刺《くしざ》しにされるかのようで、私の体はその快楽に激しく仰《の》け反《ぞ》ってしまった。

「いやらしい格好だな、入れられただけでイッたのか、相澤」

「あっ……うぅぅっ……もうやめて……もう……」

だめ……ペ○スが一番気持ちいいところに当たって震えている……。

「お願い、動かないで、だめ、動かないで……」

「そいつは聞けないね」

男子は腰をぶつけるような勢いで激しく大きく腰を振りだした。

「あっ……あああっ、いやぁぁぁっ、だめ、だめだめだめだめぇっ！　い……っちゃ……ぅぅっ……」

「うわっ、またイキやがった。ほんと好き物なんだな、相澤は」

またイカされてしまった。いやなのに、イキたくなんてないのに。

「はぁっ……い……いや、そこは、そこはダメ……お願い、そこだけは責めないで……」

私は腰を振っている男子に懇願した。

でも返ってきたのは薄気味悪い笑いと、更に激しい腰の動きだった。

「いやぁあぁっ、だめ、そこはっ、そこはだめなのっ！　あっあっ……あああっ、イキたくないっ、イキたくない……あっ……んんんんんんっ!!」

またイッてしまった……私は、また……。

「くくっ、知ってるか相澤。イキまくる女って、本心ではメチャクチャに犯されるのを期待しているってことなんだぜ？」

男子が耳元で囁《ささや》いた。

違う……違う違う……。

私、そんなんじゃない……。

「くくっ、俺はまだまだいけるぞ？　相澤、もっとイカせてやるからな……」

男子がまた腰を揺すり始めた。

私は四《よ》つん這《ば》いの格好をさせられ、後ろから、獣のように激しく貫かれた。

「ああっ、だ、はげしっ、だめ、だめっ！　いやぁぁっ……い……いやぁぁぁっ！」

「くくっ、そんなに涎《よだれ》たらして……気持ちいいのか？」

男子が胸を鷲《わし》づかみにしながら、耳元で囁いた。

「いや、違う……違う……そんなんじゃないの……ちがうのっ……」

「じゃあ、もっと気持ちよくしてやらないとダメか。くくっ、相澤ここが弱いんだっけなぁ」

「あああああっ！　あっあっあっ……いっ……いやっ……くぅぅっ！　んぁぁぁっ……」

奥深いところを、ぺ○スが深く深く抉《えぐ》っていく。

まるで全身をぺ○スで貫かれているようだった。

「相澤、気持ちよくないんだったらそんなに声を出してイクなよな。くくっ」

「これは、違うの。ちがうのっ……私、イッてない、イッてなんてない……」

「そうかそうか、じゃあ声が出ないように手伝ってやるからな」

目の前の男子はそう言うとぺ○スを私の口に近づけてきた。

「ふぐぅぅぅっ！」

口の中にぺ○スが侵入してくる。

あそこにも入れられているのに……。

「じゃあ不感症らしい相澤さんを気持ちよくしてあげますか」

「うっ……うぅううぅぅぅぅっ！」

やめてと言おうとしても、口の中のペ○スが邪魔して、うなることしかできなかった。

あそこに入っているペ○スの動きがだんだん速くなっていく。

気持ちいいところを狙《ねら》って動いている……。

私は腰を動かしてなんとかそこを刺激されるのを避けようとしたけど、入れている男子の手がしっかりとお尻《しり》を固定していて、身動きがとれなかった。

私に挿入している男子は、その場所だけを容赦なく責め続けてくる。

「俺も激しく突付いてやるよ」

口の中に入れている男子がそう言うと、口の中のペ○スも暴れ始めた。

「ふぅぅっ、ぐぅっ、んぅぅぅう！　んぅっ！　んぅぅっ！」

口とあそこに、ペ○スがたくさん入っている。

身動きできない私を、ペ○スが串刺しにしていた。

「んっ！　んぅっ！　んぐ……ごほっ……んっ……んっ、んっ、ぅぅぅぅっ……」

ペ○スがだんだん固くなってくる。

「くっ……そろそろイキそうだ……ほら相澤、もっと締め付けろっ！」

あそこに挿入している男子が、お尻を叩《たた》いた。

「くっ、俺もだ、相澤、顔にかけるぞっ！　ぐっ、出るっ！」

「ひゃああっ！」

男子の顔を見上げた瞬間、口の中のペ○スが突然引き抜かれて、私に向かって震えた。

白濁した液体が、私の顔を容赦なく汚していく……。

「い……いやぁぁぁぁぁぁっ!!」

「俺もイクぞ、相澤、いくぞっ！」

「や、なか、だめぇ、だめぇぇぇっ……あっ……ぁぁぁぁ……いやぁぁぁっっっっっ！

イ……っちゃ……ぅぅぅぅぅっ……」

ペ○スが膨らんで震えると、気持ちいいところに熱いのが当たっていた。

私は顔と子宮に精液を吐き出されながら、イッてしまった。

「に……妊娠しちゃう……しちゃう……」

「くくっ、そうだなぁ、産むなら女にしてくれよ？　お前に飽きたら娘を抱かせてもらうからよ、ひひひっ！」

男子たちが笑っていた。

そして、別の男子が私に近づいてくる。ペ○スはもう固くなって真上を向いていた。

もうやめて……やめて……やめてください……お願いします……なんでもします……だ

から、許して、気に入らないなら謝ります、だから、もう、犯さないで……おかさないでよ……いや……いやなの……いや……いやぁぁぁぁぁぁ……。

懇願の言葉は声にならなかった。

「よいしょっと」

また、私の中にぺ○スが挿入されてきた。


1999年2月12日（金）　相澤成美　［私立私立垣野内学園・二階教室］　午後6時57分

「はぁっ……はぁ……はぁ……」

男子たちが、精液まみれになっている私を見下ろしていた。

みんな満足そうな顔をして、私を見ていた。

「ふふっ、今日も良かったよ相澤。じゃあ、また明日もよろしくな」

男子の一人がそう告げると、まだ呼吸を荒くしている私を置いて廊下に出た。

他の男子たちもそれにつられて教室を出て行く。

「くくっ、気をつけて、帰るんだぞ……ははっ」

そして教室に一人取り残された。

「あした……も……」

泣きそうな気持ちになった。いつまでこんな事を続けるんだろう。もうやめてって何度言おうとしたのかわからない。

でも、固い決意を持っても、男たちの前に出るとそれはあっさりと崩れて、結局されるがままになっていた。

「……帰らなきゃ……」

私はのろのろと起き上がると、教室内を見回して自分の制服を捜した。

「え……私の制服……どこ……？」

普段使われていないこの教室はちょっとした倉庫のような状態になっていたけど、それでも自分の制服が見当たらないなんてことがある筈《はず》がなかった。

嫌な予感がした。暗くなった教室の中で、私は裸のまま隅々まで捜した。でも、私の制服はどこにもなかった。

「そ……そんな……もしかして……」

私は煩雑に積まれた机の中や、学園祭で使うような重い看板の下なども調べた。

「……ない……ない……どうして……どうして……」

ふと、私はさっき男子の一人が言ったことを思い出した。

『気をつけて、帰るんだぞ』

「気をつけてって……まさか……このまま帰れってことなの……？　そんな……そんなまさかっ……」

その考えを否定したかった。でも、できなかった。

実際、制服はここにないのだから。

このままでは私はこの精液まみれの格好で、家まで帰らなくてはいけない。

「そんなの……できるわけっ……ない……いやだよぉぉぉ……いやぁ……」

教室はもう、だいぶ暗くなっていた。

「どうすればいいの……？」

私は教室の隅で、一人うなだれた。

どれくらいの時間が経《た》ったのだろう。

教室の時計は闇《やみ》に隠れてしまい、時間もわからない。

瞼《まぶた》が熱くなってくる。泣きたくなんてないのに、自然と涙が溢《あふ》れてくる。

どうして私だけがこんな目に遭わなくちゃいけないの……？

「もういや……いやよ……こんなの……」

唇が震えて、上手《うま》く声にならなかった。

どうすればいいの……私……。

こんなところに裸で置き去りにされて、どうすればいいの？

「もう……こんな生活……耐えられないよ……うっ……ううっ……許せないよ……あいつら、ゆるせないよぉっ……」

私はその場でどうすることもできず、ただ涙を流すしかなかった。

その時、扉の外で金属質の音がした。一瞬の静寂に、とても小さいけど、存在感のある音。

私は慌てて扉のほうを見た。

微《かす》かな光が、扉を照らしているのが見えた。

「だ、誰……だれなの……もう、お願い、これ以上……いや……いや、いやぁっ……」

私は頭を振りつつ、その光から遠ざかるようにあとずさった。

遠くから足音が聞こえてくる。

こんなに遅い時間に校舎内にいる人といえば……。

警備員のおじさんが……私の声をききつけて見回りにきている……!?

「そんな……いいじゃない……少しくらい、あいつらの悪口言ったって……どうして私だけっ……！」

なにを言っても、足音が止まるわけではなかった。

私は教室内を見回して、隠れられそうなところを探した。

普段使われていないこの教室に、隠れるような場所なんてなさそうだったけど、それでも、私は大きめの掃除用具入れを見つけた。

私はできるだけすばやく、音を立てないように中に隠れた。

隠れてすぐに教室の扉が開く音がした。その音に心臓が止まりそうになった。

「おい、誰かいるのかぁ!?」

下品な声が、私を呼んでいる。

「お願い……来ないで……お願いです、お願いします……罵《ののし》ったのは謝ります……だから
もう、これ以上私をいじめないで……」

そして、教室のドアが閉まる音がして、足音が教室の中を回り始めた。

「おい、誰かいるんだろ、出て来い」

「いない、いないの。私はいないの。だから出てって……」

「ふむ……」

足音がぴたりと止まる。

どうやら考えているようだった。

諦めたのだろうか……。

そう思ったときだった。

足音が聞こえて、そして掃除用具入れの小さな隙間《すきま》から光が漏れてきた。

懐中電灯の光だった。

「い……いやぁぁ……いやぁぁ……こないでぇぇぇ……」

足音が段々近づいてくるのがわかった。警備員のおじさんの息遣いまでもが、伝わって
くるようだった。

足音は掃除用具入れのすぐ近くで止まった。

そして、掃除用具入れの扉が開かれた。絶望の音がした。

いやらしい二つの目が、私を見つけて喜んでいた。

「い……いやあああああああああああっ！」

いやらしい視線は私の顔と胸とあそこを一瞬にして回った。

「おやおや、こんな夜遅くにいる奴が悪いんだぜ……？　お仕置きをしなきゃいけないなあ」

おじさんは嬉《うれ》しそうな顔をしていた。

「だ、だめっ……いやぁぁぁっっっ！」

「おっと、待てよ……へへ」

掃除用具入れから逃げ出そうとしたけど、すぐに毛むくじゃらな腕に阻まれた。

そしておじさんは私を抱きながら掃除用具入れの中に入り込んで来た。

「いやっ、離して……いやなのっ！」

「うるせぇな。いいだろうが、どうせ一発くらいいよ」

警備員のおじさんは言いながらベルトに手をかけて、ズボンを脱ぎ始めた。

「ひぃっ……！」

「よしよし、気持ちよくしてやるぞ」

私は身動きが取れない格好でぺ○スを挿入されてしまった。

「ひぁぁぁっっ！　い……痛いっ……痛いよぉっ！　裂けちゃう、あそこ、裂けちゃうぅぅっ！」

「くくっ、若いのはいいねぇ。千切られそうだ」

それは今まで入れられたことがないくらい大きなぺ○スだった。

「お願い、痛いの、やめて、他のことならなんでもします、だから、だからだからっ、おねがいぃぃいっ！」

「まぁ、そうかたいこと言うな、そらっ」

「ひぁぁっ！　いやっ……痛い、裂けちゃうよ、あっ、あああっ……あっ……いやぁっ！いやぁぁぁぁっ！」

おじさんの腕が私の腰を持ち上げて、叩きつけるようにぺ○スで子宮を叩く。

私のあそこは男子たちの精液で濡れていたけど、それでもおじさんのぺ○スは大きすぎて、あそこは今にも裂けそうなくらい痛かった。

「ぐぅっ……痛い……いたいよぉぉ……うぅ……ううっ……」

「くくっ、気持ちよすぎて感動したか。へへ、まだまだ終わらないぞ」

涙が溢れてきた。痛くて、そして惨めで……。

「もう、いやぁぁぁぁぁぁっ！」

「そうそう、泣《な》き喚《わめ》くと燃えてくるねぇ……そらっ、もっと激しくいくぞ」

「ああっ！　あああああっ！　いやあぁあぁぁっ！　いやぁぁぁぁっ！」

私の体が、太いペ○スに串刺しにされ、掃除用具入れの狭い空間で跳ね上がる。

全体重が、おじさんのペ○スで受け止められているようだった。

子宮が壊れそうなくらい、おじさんは激しく打ち付けてくる。

「どうだ、そろそろ気持ちよくなってきただろう」

「ひぃっ……」

耳元に生温かい息を吹きかけられる。

おじさんの無骨な手は私のオッパイを掴んで、乱暴に上下に揺さぶっていた。

「あっ……くぅん……い、あっ……あ、あん、あっ……あ、あ、あああっ……」

いつの間にか、私の声は甘い響きが混じるようになった。

「ほら、聞こえるだろ？　はしたない音が聞こえるだろ？　イッてもいいんだぞ？　俺はまだまだ終わらないぞ？」

おじさんの腰の動きが速くなる。

「ああっ！　い……いやっ……だめ、そこ……そこだめ、だめえぇぇぇっ！　い……イッちゃう……イッちゃうぅぅ……！」

私はおじさんの容赦ない責めから逃げ出そうと、手を伸ばしてなにかにすがろうとした。

でも、掃除用具入れの中には逃げ場なんてなかった。

おじさんの激しい突き上げを、私は身動きできないまま受け入れるしかなかった。

絶頂はあっという間に訪れた……。

「へへ……どうだ、イッたか？」

腰の動きを止めたおじさんが、私の顔を覗いてきた。

「はぁっ……はぁぁぁっ……んっ……ぁっ……だめ、まだ、動かないで……ぇぇぇぇぇっ！　あ、あああんっ！　あっ……いやぁっ……」

おじさんが気味の悪い笑みを浮かべながら、また私のあそこを激しく叩き始める。

「イッちゃったんだろ？　あそこがギュウギュウ締め付けてくるぞ、いやらしいもの持ちやがって」

「い……いわないで……くださいっ……あああっ……」

私のあそこがペ○スの形になっているようだった。

おじさんのペ○スが中を行き来するたびに、私のあそこが蠢《うごめ》いて、ペ○スを一生懸命受け入れようとしていた。

そんな……こんなに大きいペ○スなのに……痛くていやなはずなのに……。

「あっ……いっ……深いよっ……そんな……深いところ初めてっ……だから、あっ……やめてぇ……やめてぇぇっ……」

「そうかそうか、かわいそうにな、じゃあ、おじさんがそこをたくさん突いてあげるからね」

こんなに気持ち良いところをたくさん突くなんて……。

考えただけで気を失いそうだった。

「ほらっ、いくぞぉっ！」

「あああああああっ！　だめっ！　だめっ！　だめなの、あああっ、あっ！　そこは……よすぎ……っちゃ……あああああっ……ぁぁぁっっっっ！」

息をするまもなく、私はいきなりイッてしまった……。

「ほら、まだ終わらんよ」

「いや……そこは、お願いします、そこだけはやめて……やめてぇ……そこはおかしくなっちゃ……うっ……あうっ……ひゃぁぁっ！」

おじさんが更に強く深いところを抉ってくる。

「あああっ！　あっ……イ……イク……イッちゃう……いやっ……いやぁぁぁ！　イックウウウううっ！」

私は掃除用具入れの中で、激しく跳ねた。

オッパイがたくさん揺れていて、おじさんの毛むくじゃらな胸板を叩いていた。

乳首が擦《こす》れて、それがすごく気持ちよかった。

「はぁ……はぁ……お願い……もう、もうイッて……これ以上されたら、死んじゃう……

あっ……あああっ……だめ、そこは、もうだめ、だめなの……おねがい！」

「くくっ……まだ楽しませろよ……お前だって気持ち良いんだろ？　もっとイカせてやるからな」

そんな……。

私まだイカされちゃうの……？

もうこんなにおかしくなってるのに……。

「ほらっ、ここだろ？　ここが気持ち良いんだろ？」

「いっ……いあっ！　あんっ……あっ、いい、いいいっ！　いいいいいっ……あっ……こんなの、は、初めて……あっ……いいいっ！」

窮屈な空間で、私はおじさんの体にしがみついた。

たくさん揺れていたオッパイをおじさんに擦りつけた。

乳房の膨らみがおじさんの胸板で潰《つぶ》れて、乳首が擦れて気持ちよかった。

おじさんの体から、汗の臭いがしたけど、構わなかった。

しがみついていないとペ○スが抜けてしまいそうなくらい、おじさんは激しく腰を動かしていたから……。

「あっ！　ああっ……あっ……イッ……イク……またくるっ……あっ……あああっ！」

おじさんの背中に爪《つめ》を立てた。

この快楽を少しでも紛らわしたかった。でも、おじさんは私の中を激しく行き来して、逃れようがないほど、私を気持ちよくした。

もう気持ち良いとか、そんな言葉じゃ表せないくらい。

「ほらっ、いいぞ、イッてもいいぞ……？」

「あはぁっ……イク、イッちゃうよ……あっ、あっあっあっあぅぅっ！　あああぁっ……イクぅ……っっっっっ！」

そのときだった。

すごく遠くで物音がしたような気がした。

「くくっ、相澤成美、変態警備員との禁断の愛……へへへっ」

聞きなれた無個性な声が、私を現実に引き戻した。

「な、なんだお前ら！」

ペ○スが止まった。

私はゆっくりとおじさんが見ているほうを見た。

カメラのレンズといやな視線が、私を捉《とら》えていた。

そしてフラッシュと笑い声が、すぐに辺りを包んだ。

おじさんに入れられて抱きついているのを撮《と》られた……。

「ふふっ、相澤のために写真でも撮ってやろうとね……へへ、良い絵が撮れたぜ？」

「明日が楽しみだなぁ、相澤さんよ、はははははっ！」

「そんな……まさか……まさか、いや、おねがい、そんなことしないでぇぇっ！」

「なにを馬鹿《ばか》な事を……お前が俺たちの悪口を言っていたのを、しっかりと聞いていたんだぜ？　結構傷ついちゃったな。俺たち、まだ純情な子供だからさ、だから諦めてくれよな、ひひひっ」

「じゃあ俺たちは写真の現像しに帰るから……あ、大丈夫大丈夫、ちゃんと現像してくれる友達いるから、そっちはそっちで続きを楽しんでくれよ、じゃあな、はははっ！」

「い、いやぁぁぁぁぁぁぁぁぁぁぁつつっ！」


2000年12月15日（金）　相澤成美　［私立明美学院・三階空き教室］　午後5時15分

「思い出したくも……ないわね」

「くくくっ……なにをだ、相澤。昔のことか？」

私の肩に手が置かれた。いやらしい手つきだった。

「な……なに？　さ、触らないで……」

「ははは、なにを強がってるんだよ、ほら、お前もそこに寝るんだよ！」

肩の手が私を教室の床に押し倒した。

「ひっ！　や……いやあああああああああああっ！」

私は床の上で男子たちに囲まれた。みんな興奮した目で私を見ていた。

「ど……どうして……やめてっ！」

「くくっ、これが相澤のオッパイかぁ、聞いたとおり、デカイなぁ」

男子の手が私の乳房を乱暴に掴んだ。

「くっ……離してっ……こんな事して……だ、誰か、助けてっ！」

私は男子の手をなんとかどけようと払いながら周囲に助けを求めた。

でも、誰も助けてはくれなかった。

「ひゃぁっ！」

あそこになにか当たる感触がした。見ると、脚の間に男子が座っていて、スカートの中をまさぐっていた。

「へっへっへ、お嬢様のパンツが濡れてるぜ？」

「やっ……触らないでっ！」

「じゃあこれ以上濡れなかったらやめてやるよ」

「ひぁっ、んっ……い……いや……」

でも、蠢く指に反応して、私のあそこから熱いのが染み出してくるのがわかった。

嫌なのにどうして……。

どうして……。

どうしてっ……!?

「くくくっ、濡れてやがる、やっぱり本当だったんだな」

「マジかよ、あの相澤が……ふぅん……こりゃ楽しみになってきたな!」

男子たちは私が濡れたのを喜んでいた。

「も、もういいでしょっ!　やめて……やめてぇぇ……」

「なに馬鹿なことを言ってるんだ。ここからが楽しみの本番だってのによ」

そう言うと男子は私の下着に手をかけた。

「いやっ……いやいや……やめて、お願い、誰かたすけてぇっ!……んぁぁぅ……」

下着はすぐに取り払われた。それもハサミを使って……。

割れ目の上を、硬くてひんやりしたはさみがなぞっていった。

……私は軽い絶頂を感じてしまっていた……。

「うわ、ハサミ濡れてるよ。変態なんじゃないのか!?」

「そ、そんなわけ……ちがう……うそよ……」

「嘘《うそ》なもんか、ハサミで感じた変態女が」

今まで私が蔑《さげす》んできた男子が、私を貶《おとし》めるように髪の毛を掴んだ。

どうしてこんなことに……!?

「さて、それじゃあ日ごろの恨みを晴らしてやるよ、ほら、こっちに来いよ」

「いつも俺を無視しやがって……」

恨みの声が私を包んでいた。

でもその中でひとつだけ私以外に向けられている声があった。

『今日はもう終わりだ、帰っていいぞ、平松、結城。お前らも今日は帰れ、いいか、わかってるだろうな』

今まで犯されていた二人は解放され、そして、それを見ていた女子たち……いつも私についてくる女子たちは美樹本に促されて教室を出ていこうとしていた。

わかってるだろうな……それは、このことは黙っていろということ。そうしなければ今の私のようになるということ……。

女子たちはなにも言わずに教室を出ていってしまった。

そして、今まで二人に群がっていた男子たちが私のほうに寄ってきた。

そんな……そんな……。

私は一層惨めな気持ちになった。

「でかい胸してるなぁ、おい相澤、挟めよ！」

男子が次々にペ○スを取り出してくる。私を囲む群れの中には既に裸で汗をかいている男子もいた。

私だけを犯すらしい……。

「やっ……やめてぇっ！　だめ、助けてっ！」

私は来るはずもない助けを求めて叫んだ。

手を伸ばしてなにかにすがろうとした。

誰か助けてくれないかと期待した。

でも、手が握ったのは男子の硬くなったペ○スだった。

私は絶望を掴んでしまった……。

「おぉ、さすが柔らかいな、相澤のオッパイはよ。今まで揉《も》まれていただけはあるな」

胸に挟んでいる男子が嬉しそうに言った。

「よし、じゃあ俺はさっそく入れさせてもらうぞ」

「いやっ、入れないで！」

男子のペ○スが私の割れ目でピクピク震えている。

「ふふっ、相澤。どっちに入れて欲しいんだ？」

「いや、どっちも嫌ぁっ！　いやっ、いやっ……！」

「両方だとよ」

お尻の穴とあそこに同時にペ○スが侵入してくる。

「あっ！　あぁぁぁ……い、いやあぁぁぁぁぁぁぁっ！」

神経の張り巡らされた所にねじ込んでくるような痛みだった。

でも、その強烈な痛みと共に、絶頂を迎えていた。

「いたいぃぃぃぃぃ……がっ……抜いて……」

「うわ、ここ温かいなぁ、相澤お前いじめられるので感じてるんだろう」

「そんなわけ……う、動かないでっ！」

ペ○スが交互に深いところに突き刺さってきた。

「いやぁっ！　あっ……あっ……いっ痛いっ、いやっ、いやいやいやぁっ！」

「さて、じゃあコイツはオマケだ。わかってると思うけど、噛《か》むなよ？」

瞼を開けるとペ○スが私の口に向かって近づいてきていた。

私は唇をすぐに閉じたけど、それでも男子のペ○スは無理矢理唇を割って入ってきた。

「んっ……うううぅぅぅぅっ！」

両手にペ○スを握らされ、胸も挟んでいて、あそことおしりと口の中にペ○スが蠢いていた。

「うおっ、こいつイイ！　平松や結城とは違った気持ちよさだぞ」

「ふぅぅっ！　んっ……んぐ、んっ……んむぅっ……」

私は全身にペ○スを入れられているような感覚に堕《お》とされていた。

男子たちは不気味なくらい無個性なのに、ペ○スはそれぞれが強く自己主張していた。

「ぐっ、でるぞ……でるぞでるぞ相澤！」

私の右手から声が聞こえてきた。雑音のような歓声が大きくなる。

「よし、全員でイクぞ！　ぶっかけてやれ！」

そんな……この人数に一斉に……？

「んっ……んぅんぅんぅ……んんんっっっっ！」

「ほらっ……受け取れ相澤っ！」

「いやぁぁぁぁぁぁぁぁぁっっっ！」

口の中のぺ○スが引き抜かれ、顔に熱いのが降り注ぐ。

手のぺ○スと胸のぺ○スも私の顔に向けられ、精液を吐き出していた。

あそこに入れられているぺ○スは中の一番深いところに出した。

お尻の中も、溢れるくらいの精子を吐き出されていた。

「あぁぁ……ぁ……ぁぁぁぁぁ……」

出し終えた男子たちが下がって、今度は別の男子が私を取り囲んだ。

「ふふふ、じゃあ入れさせてもらおうかな、お嬢様」

私の脚を強引に開き、男子はあそこにぺ○スをあてがってくる。

「いや……もう入れないで……あっ、くぅっ……いやぁぁぁぁぁっ！」

ぺ○スがさっき中に出した男子の精液のせいで、すぐに奥深くまで到達した。

「おおっ、こいつイイぞ、よくわかってるじゃねぇか、犯され方ってのをよ！」

「んぁっ、ぁっ……あっ……んっ、んぅぅっ！」

「平松や結城みたいなのもいいけど、相澤もなかなかいいな、さすがによくわかってるよ、ははは！」

「お、お願い、やめて、やめてっ！　……あっ……あああぅ……ぅぅっ」

ぺ○スが深いところまで一気に侵入して、浅いところまで引いていく。

「ふふっ、切ない声を出すねぇ、いじめられっこは」

「う、動かないで……だめぇっ！」

「じゃあ、口がお留守なのでお邪魔しようかな」

他の男子がぺ○スを私の口に運んでくる。

まだなにも出ていない、一番硬くなっているぺ○ス……。

もう終わったと思っていたのに……。

「ふふっ、お邪魔します」

「んっ……んぅぅっ……ふぐぅっ……」

ぺ○スが喉の奥まで到達した。

でも男子はまだ腰を沈めるのをやめようとはしなかった。

「ごほっ……んっ……うううううううぅっっ！」

「苦しくてもこの表情、いいねぇ、プロだねぇ」

そんな……やめて、お願いだからやめて……。

私は口の中に入れている男子を見上げた。

「切ない顔するなよ。ちゃんとあいつら同様毎日呼んでやるからよ。もちろん、明日もよろしくたのむからよ、ははっ！」

明日も……。

以前もそんなセリフを聞いた事があるような気がした……。

でも、私にはもう、いつのセリフだったたか思い出す気力もなかった。

私は男子たちのペ○スをひたすら受け入れ続けた……。

12月15日　発行　贖罪新聞　三年生版

集え！　大張義行への復讐者《ふくしゅうしゃ》！


諸君には大変長い間、本紙の発行をお待たせすることになって申し訳ない。

二年の時を経て、大張義行への贖罪を再開するため、筆者は戻ってきた。

これを読んでいる諸君は、もう十分に屈辱を味わったと思う。

だが、遂《つい》に時は来た。

今、彼は、何者かの圧力によって、絶対だと思われていた仲間内からの信頼を失っているのだ。

今こそ立ち上がる時である。

彼は過去になにをしたか？　思い出して欲しい。

過去の罪を贖《あがな》わなければならないのである。

彼はまだ、罪を贖っていない。

あろう事か今に至るまで、他人に罪をなすりつけ続けているのである。

これを読む、過去の贖罪行為に参加してくれていた諸君なら、なにをすべきか、これだけでおわかり頂けたと思う。

あの、過去の悲しみと、余りある屈辱を、この手で払い戻そうではないか！

協力者の皆さんへ
大張義行への贖罪に協力してくれた皆さんには、今、贖罪を希望している女子へのイジメに参加ができます。

昔を思い出し、たっぷり罪を贖わせてやってください。

その女子の名前は、平松七瀬さん。

あの大人《おとな》しい風貌《ふうぼう》に似合わず、有志たちの贖罪行為によってすっかり淫乱《いんらん》の好き者です。

そして明美学院の人気者、結城まどかさんもいます。

さすが人気者の彼女だけあって、競争率が大変高いので、早めに行動を起こして、彼女にたっぷり贖罪行為をしてあげましょう。
更にスペシャルゲスト、相澤成美さん。
ご存じのとおり、女子のリーダー的存在です。
ですが、なんと相澤さんは、編入してくる前は、いじめられっこだったのです。
大張君と一緒で、なにを今更偉そうにしているのでしょうか？
いじめられないために、イジメを行うのは十分に罪ではないでしょうか？

協力者には、追って連絡を致します。
間違っても勝手な行動を起こさないように。

なおこの新聞は読後焼却のこと。
もしも関係者以外にこのことを漏らした場合、その人物は厳しく贖罪されるであろう。
注意されたい。

（贖罪新聞編集部）

同日　美樹本俊貴［自宅・自室］　午後9時38分

うまくいった。すべては計画どおりだ。
これで、相澤も終わりだろう。あの贖罪新聞を見れば……。

男女とも実質的なリーダーが消えたというわけだ。

これからは贖罪新聞を使って俺が学生たちを動かしていく。表だって前には出ないが、仮のまとめ役という形で事を進めていくくらいなら問題はないだろう。

俺は明日発行予定の贖罪新聞を書いていた。

以前、大張が話していた計画を実行しようと思う。

盛大な贖罪パーティだ。

きっと、明美学院創立以来、最大のイベントになるだろう。

それを自分で動かしていく。

そして、今、そのための贖罪新聞を作成している。

キーボードを打つ手も、自然と速度が増していく。

明日が、楽しみだ。

12月16日　発行　贖罪新聞　三年生版

急告！　贖罪へのお誘い

みなさんは放課後どのようにお過ごしの予定ですか？

もしもお暇でしたら、平松七瀬さんを囲んで、私たちと楽しい贖罪の午後を過ごしてみませんか。

料金は男性の場合、Bクラスの学生は無料。
その他のクラスの学生の場合、一律一万円とさせていただいております。
女子学生はクラス学年に関係なく一切無料です。
ただし女子学生の場合、贖罪といっても、いじめるほうではなくいじめられる側の方を
募集しています。
興味のある方は放課後いらっしゃってください。
あなたの体の内も外も、精液まみれにしてさしあげます。

本日はゲストとして、以下の二名の女性を予定しています。

『結城まどか』さん
みなさんご存じ明美学院の人気者です。
平松七瀬さんの親友として友情出演してくれます。

『相澤成美』さん
女子たちのリーダー的存在だった彼女も参加してくれます。
以前の学校でいじめられていた経験をいかしてサービスしてくれます。

場所は本日は部活動がないので体育館です。

体操用のマットを敷いて、みんなで一緒に楽しみましょう。

ぜひ、みなさんお誘い合わせの上、いらっしゃってください。

お待ちしています。


なおこの新聞は読後焼却のこと。

もしも『急告』以外のことを、クラス外の関係者に漏らした場合、その人物は贖罪させられるであろう。注意されたい。


（贖罪新聞編集部）

12月16日（土）　美樹本俊貴［私立明美学院・体育館］　午後1時01分

体育館には、俺が予想していた以上の人数が集まりつつある。今の時点で、ざっと見回しただけでも五十人近くはいるだろうか。

B組だけではなくA・C・D・E・F……学年中のクラスから男子たちが集まってきている。凄《すご》い人数だ。これからまだ増えるかもしれない。

今日のイベントは同学年の学生だけだが、これから先、別の学年も参加させていくことになるだろう。一部の教師も予定に入れている。教師を抱き込んでいたほうがなにかと都合がいいからだ。すでに目安はついている。

俺は、それを実行していく。贖罪新聞という媒体を使って。それを考えれば、今日のこのイベントはまだ始まりに過ぎない。

凄い事だ。

俺は薄く笑いを浮かべていた。

俺はもう一度、体育館の中を見回した。

みんなソワソワと落ち着かない様子だ。友人と会話をしたり、一人あちこちを見回してみたり、それぞれの男子が今か今かと女子たちの到着を待っていた。さっきよりもまた少しだけ人数が増えているようだった。

時計に目をやった。

そろそろか……ここにいる男子たちの姿を見て、あの三人はいったいどういう反応をするだろう。

「ふふっ……」

俺はもう一度、今度は小さく声を出して笑った。

それとほぼ同時に、体育館の扉が開く音が聞こえてきた。

その音に、体育館中の意思が一斉に入り口に集中する。

パーティの始まりだった。

同日　相澤成美［私立明美学院・体育館］　午後1時10分

私は、放課後になると平松さんと結城さんの二人と一緒に一度いつもの教室に移動させられ、その後、言われるままに体育館へ連れてこられた。

私たちを連れた男子が体育館の扉を開けると、中の様子が見えた。そして、その中にいる男子学生のあまりの多さに絶望的な思いが広がった。

結城さんは、体育館に入るなりその場に崩れ落ちた。平松さんは表情を変えずにその場で小さく揺らいでいた。

私は、呆然と立ちつくすだけだった。

そんな私たちの前に、美樹本がやってきた。美樹本はいつもと変わらない様子だった。

ちらりとこちらを見たが、私は目をそらした。

「きょうは、全員に相手をしてもらうよ」

美樹本は静かにそう言った。

ここにいる男たち、全員……。

前の学校でも、これだけの人数の男を相手にした記憶はない。

ここにいる全員が私に挿入して、精子を吐き出す……きっと私は何度もイカされるんだろう。

想像しただけで、意識が遠のいていきそうだった。

でも、それは許されなかった。

男子たちが、一斉に私たちに群がってきたからだった。

私はあっという間にマットの上に押し倒され、服を剥《は》ぎ取《と》られた。本当に一瞬のことだった。

そして、すぐにあそこにはぺ○スが挿入された。挿入できない男子たちは私の体にぺ○スを押し付けてくる。

私は抵抗しなかった。抵抗しても無駄だから……私はされるがまま男子たちに身を任せた。

犯されながら、周りを見回した。

平松さんも、結城さんも、その姿が見えなくなるくらい、男子たちに取り囲まれていた。

二人とも人気者だ。憧《あこが》れている男子も多いのだろう。だから、あんなにされているのだ。

そうしている間にも、何人もの男子たちが私に向けて精液を吐き出していた。

どれくらい時間が経ったんだろう……。

いったい何人の男子に犯されたんだろう……。

わからない。

私は、ただ受け入れるだけだった。

同日　美樹本俊貴［私立明美学院・体育館］　午後4時30分

果てしなく続くかと思われたこの陵辱《りょうじょく》パーティも、ようやく終わりを迎えようとしていた。

今、相澤に挿入している男子が最後のようだ。

その男子も、相澤の中に射精すると余韻を楽しむ素振りも見せず、服を着て体育館を出ていった。

体育館に残っているのは精液まみれで倒れている女子三人と俺、そして数人の仲間たちだけだった。

三人の女子たちはマットの上に横たわったままだった。みんな、意識がはっきりとしていない様子だった。その姿は陵辱の余韻に浸っているようにも見えた。

「おい、ずいぶんと儲《もう》かったじゃねぇか」

後ろのほうからそんな声が聞こえた。振り向くと、男子たちが札束を持って浮かれている。

女子たちとは対照的な光景がそこにあった。

俺は、少しの間その光景を見つめていた。

同日　美樹本俊貴［平松宅］　午後7時02分

俺は平松七瀬の家に来ていた。

この家には誰もいないことを知っていたから。

あのまま学校にいても仕方がない。それに、教師などに来られては面倒な事になる。

だから、俺はこの家に移動した。

だが、場所が変わってもする行為は変わりない。

俺の仲間の男子は、今日の体育館のイベントには参加させなかった。今までにない大規模なイベントなため、見張りなどが必要だったのだ。なにかあった場合にすぐに動ける人間が必要だった。

その我慢していた欲望を、ここで満足させようと思ったのだ。

玄関が閉じられるとほぼ同時に、それは始まった。

男子たちは靴を脱ぐのももどかしく、女子たちに襲いかかった。

そこはあっという間に陵辱劇の舞台と化した。

いや……これはもう陵辱とは言えないかもしれない。女たちは嫌がるどころか積極的に男たちを受け入れている。快感に、溺《おぼ》れている。

そんな女たちに向かって男子たちは思いの丈を……欲望の限りを注ぎ込んでいた。

平松、結城、相澤……みんな男子には人気のある女ばかりだ。だからこんなにされている。

男たちは女たちの中にも外にも、とにかく欲望をほとばしらせている。一度では飽きたらず、何度も何度も精子を吐き出し、女たちを濁った白で染めていった。

女たちは、気を失うことも許されずに男たちに責められていた。

精子まみれになりながら、自らも快感を求め何度も絶頂を迎えていた。

その行為は、いつまでも終わらないもののように思えたが、どうやら終わりを迎えつつあった。

「くっ……出るっ……」

「あん……熱い……んっ……んんぅ……あ……」

最後の男子が、平松の顔に精子を吐きかけて、今日の行為は終わりを迎えた。

男たちは、乱交の舞台から降りるように、足早に帰っていった。

女たちは、みんな平松の部屋に集められた。三人とも気を失ったように眠っている。

今、起きているのは俺一人だけだ。

時計の針の音と、女たちの寝息だけが聞こえてくるこの部屋で、俺はこれからのことを考えていた。

これからどうしようか。

俺には、色々と選択肢があるように思えた。

そのどれもが、自分が中心になるものばかり。

正直なところ自分が前に出るのはいやだった。
なぜなら、面倒だから。
だが、それはそれでいいとも思った。
俺は……。

エピローグ

2001年3月1日（木）　美樹本俊貴［私立明美学院・校庭］　午前11時49分

あれから、贖罪《しょくざい》行為を続けて、密《ひそ》かに目標にしていた卒業式の日を迎えた。

誰《だれ》にも邪魔はさせず、誰一人犠牲を出すことなく今日に至る。

平松も、結城も、相澤もいる。

贖罪行為は大きな事件に発展することなく終了した。

そう、終了したのだ。

俺《おれ》は贖罪新聞を使い、学生たちを完全にコントロールしてきた。欲望と恐怖、そして様々な情報。それらを利用して、俺は学生たちを動かしてきた。

そして今日、最後の贖罪新聞を発行した。今までイジメに参加した学生たち全員に。

卒業した後は絶対に女たちに手は出させない。

流れを作るだけならばそれほど難しいことじゃない。だが、問題はそれを止めることだ。特に、流れが大きくなっている場合、止めることは容易じゃない。

俺はそれを実現した。

人のベクトルを修正、つまり人の心を動かし、行動を制御した。

だから、贖罪行為は終了したのだ。

そして俺は卒業してこの学校を去る。

学生生活は、それなりに楽しかった。今後は推薦で決まった大学へ進むことになっている。なんとなく、つまらない大学生活になりそうな予感がしていた。

まあ、それでもいい。俺はジャーナリストになる勉強を進めていくだけだ。

俺は大学を出たらジャーナリストになる。そして、結城禎史のような男になる……。

ふと、周りを見回した。

他《ほか》の卒業生たちは、大小のグループに分かれ、学生生活最後の日を過ごしている。

笑ってる奴《やつ》、泣いている奴、みんなそれぞれの感情を誰かにぶつけている。

俺の周りには誰もいなかった。

集団に属さないということは孤独になるということだ。

孤独は嫌いじゃない。

独りのほうが都合のいいことのほうが多い。周りに誰かがいると世界が見えづらくなるから。

俺は、もう一度自分の周りを見回した。

なぜか、視界がぼやけていた。

どうしたんだろう……。

わからない……。

わからない……。

わからない……。

気付くと空を見上げていた。
雲のほとんどない空。
その青さが、潤んだ瞳《ひとみ》に痛かった。

エピローグ2

２００６年10月24日（金）　結城まどか［平松宅・まどかの部屋］　午後6時34分

私《わたし》は、今、書き終えた小説を読み返していた。

大学を卒業した後、就職をしなかった私は、趣味で書いていた小説をとある賞に応募し、それを元に本を出版した。

そのデビュー作がそれなりに話題になったらしく、今度二作目を出版させてもらえることになったのだった。

前回は、親友であり、今では義姉妹となった七瀬をモデルに書いたのだが、今回は別の人間をモデルにしていた。

それは、父親の結城禎史。

もし父が、同じ時期に同じ学校に通っていたら？

そんなことを考えながら書き始めた。

もちろん、実際にあるわけがないのだからすべては想像で書いたものだ。

だから、気付くとだいぶ違った雰囲気になった気がする。

でもそれはそれで、なかなか面白く書けたとは思う。

普段、仕事でほとんど家にいなかった父に対する当てつけもちょっとだけ入っていたりする。

それと、今回は私が学生時代に繋《つな》がりのあった人たちもモデルにしてみた。

自分の学生時代を元に作り出した架空世界。

私はふと、学生時代の一ページを思い出した。

実は、今回書いた話とは別にもうひとつ、後二・三人登場する話も考えていたが、なかなか上手《うま》くまとめられなくて保留にしている物があった。

同級生の莉保《りほ》、お世話になったつさか先生、七瀬の家庭教師をしていた有香《ゆうか》さん。

そちらの話に登場させるつもりだった人たちの顔が頭に浮かぶ。

……うん、これはこのまま残しておいて、もう一度書こう。

時間はまだあるのだから。

それが完成したら、両方とも七瀬に読んでもらおう。

そんなことを考えながら、私はふたたびパソコンに向かって原稿を書き始めた。


〈終〉

あとがき

みなさま初めまして。

フライングシャインの結字糸と申します。

『贖罪の教室BADEND』ノベライズ版をお届けいたします。

いかがでしたでしょうか。

せっかくのノベライズ化なのでゲーム本編とは違うものを、と思いまして今回のような話を書いてみました。ゲームとはひと味違った贖罪の世界を楽しんでいただけたら幸いです。

なにぶん、ノベライズというものは初めてなものでして、いろいろと周りの方々に迷惑をかけつつ完成しました本作です。

いろいろと不安なのですが、ぜひぜひ読んでいただきたいなぁ、と思う今日この頃です。

あとがきを先に読まれる方がいるかもしれないので、内容についてはあまり詳しくは書きませんが、こうして見ると本編とは随分違ったものになったと思います。

どこかしら気に入っていただけた部分があれば嬉しいです。

ゲーム本編をプレイしたことのない方でも楽しめるような作りにはしてみたつもりですが、やはり本編を知っていたほうがより良いかと思われます。

ゲーム本編をプレイしたことのない方には、これを機にプレイしてみてはいかがでしょうか……とさりげなく宣伝を（笑）。


ちなみに、贖罪の教室には『贖罪の教室 The seven stories of sin』と『贖罪の教室BADEND』の二作品がありますので、お間違えのないようお気をつけください。

両方同時に手に入れるのが一番の得策かと……って、宣伝ばっかりですね。


なにはともあれ、ご意見ご感想などなどいただけると嬉しいです。

なにとぞ、お手柔らかに。

フライングシャインのホームページにも遊びにきていただけると嬉しいなぁ……って、また宣伝を（笑）。


なにはともあれ、フライングシャインでは今後もどんどん作品を発表していきます。

ゲーム、ノベライズ、その他いろいろ（笑）。

これからもフライングシャインの作品をよろしくお願いいたします。

などなど、あとがきといいつつ宣伝ばかりしていたような気もしますが……これにて失礼いたします。

またどこかでお会い出来ることを願いつつ。

2001年　新宿某所　結字糸

贖罪の教室 BADEND

2001年9月25日 初版第1刷発行

著　者　結字 糸 with Flying Shine シナリオチーム
原　作　ru'f
原　画　真木 八尋

発行人　久保田 裕
発行所　株式会社パラダイム
〒166-0011東京都杉並区梅里2-40-19
ワールドビル202
TEL03-5306-6921 FAX03-5306-6923

装　丁　林 雅之
印　刷　株式会社秀英

乱丁・落丁はお取り替えいたします。
定価はカバーに表示してあります。

既刊ラインナップ

定価 各860円+税

1. 悪夢～青い果実の散花～ 原作:スタジオメビウス
2. 脅迫 原作:アイル
3. 痕～きずあと～ 原作:リーフ
4. 慾～むさぼり～ 原作:May-Be SOFT TRUSE
5. 黒の断章 原作:Abogado Powers
6. 淫従の堕天使 原作:DISCOVERY
7. Esの方程式 原作:Abogado Powers
8. 歪み 原作:May-Be SOFT TRUSE
9. 悪夢 第二章 原作:スタジオメビウス
10. 瑠璃色の雪 原作:アイル
11. 官能教習 原作:テトラテック
12. 復讐 原作:クラウド
13. 淫Days 原作:ルナーソフト
14. お兄ちゃんへ 原作:ギルティ
15. 緊縛の館 原作:XYZ
16. 密猟区 原作:ZERO
17. 淫内感染 原作:ジックス
18. 月光獣 原作:ブルーゲイル
19. 告白 原作:ギルティ
20. Xchange 原作:クラウド
21. 虜2 原作:ディーオー
22. 飼 原作:13cm
23. 迷子の気持ち 原作:フォスター
24. ナチュラル～身も心も～ 原作:フェアリーテール
25. 放課後はフィアンセ 原作:スィートバジル
26. 骸～メスを狙う顎～ 原作:SAGA PLANETS
27. 朧月都市 原作:GODDESSレーベル
28. Shift! 原作:Trush
29. いまじねいしょんLOVE 原作:U・Me SOFT
30. ナチュラル～アナザーストーリー～ 原作:フェアリーテール
31. キミにSteady 原作:ディーオー
32. ディヴァイデッド 原作:シーズウェア
33. 紅い瞳のセラフ 原作:Bishop
34. MIND 原作:まんぼうSOFT
35. 錬金術の娘 原作:BLACK PACKAGE
36. 凌辱～好きですか?～ 原作:アイル
37. My dearアレながおじさん 原作:ブルーゲイル
38. 狂*師～ねらわれた制服～ 原作:クラウド
39. UP! 原作:メイビーソフト
40. 魔薬 原作:FLADY
41. 臨界点 原作:スィートバジル
42. 絶望～青い果実の散花～ 原作:スタジオメビウス
43. 美しき獲物たちの学園 明日菜編 原作:ミンク
44. 淫内感染～真夜中のナースコール～ 原作:ジックス
45. MyGirl 原作:Jam
46. 面会謝絶 原作:シリウス
47. 偽善 原作:ダブルクロス
48. 美しき獲物たちの学園 由利香編 原作:ミンク
49. せ・ん・せ・い 原作:ディーオー
50. sonnet～心かさねて～ 原作:ブルーゲイル
51. リトルMyメイド 原作:スィートバジル
52. flowers～ココロノハナ～ 原作:CRAFTWORKside・b
53. サナトリウム 原作:ジックス
54. はるあきふゆにないじかん 原作:トラヴュランス
55. プレシャスLOVE 原作:BLACK PACKAGE
56. ときめきCheckin! 原作:クラウド
57. 散櫻～禁断の血族～ 原作:シーズウェア
58. Kanon～雪の少女～ 原作:Key
59. セデュース～誘惑～ 原作:アクトレス
60. RISE 原作:RISE
61. 虚像庭園～少女の散る場所～ 原作:BLACK PACKAGE TRY
62. 終末の過ごし方 原作:Abogado Powers
63. 略奪～緊縛の館 完結編～ 原作:XYZ

〈パラダイムノベルス新刊予定〉

☆話題の作品がぞくぞく登場！

127.注射器２

アーヴォリオ　原作
島津出水　著

　原因不明の腹痛で病院にかつぎ込まれた主人公。そこで再会したのは、看護婦になった昔の恋人・桜子だった。院内には彼女のほかにも、かわいい看護婦がいっぱい。桜子の目を盗み、看護婦にアタックするが…。

131.ランジェリーズ

ミンク　原作
朝生京介　著

　とある下着メーカーで働くことになった主人公。彼の仕事は業績をあげ、派閥争いを収めることだ。部下の真優美や宣伝部の玲奈など、美人でセクシーなＯＬたちを味方につけ、主人公は副社長失脚をねらう…。

124. 恋愛CHU！
〜彼女の秘密はオトコのコ？〜

SAGA PLANETS　原作
TAMAMI　著

　慎吾がメールで知り合ったのは、NANAという女の子。NANAこと七瀬は慎吾に会いたいあまり、男女交際が禁止されている全寮制の学校へ、双子の弟になりすまして転校してきた！

128. 恋愛CHU！
〜ヒミツの恋愛しませんか？〜

SAGA PLANETS　原作
TAMAMI　著

　慎吾は寮で同室の女の子NANAと深い関係になっていた。だが、学校の授業やクラブ活動でいっしょになる、女の子たちのことも気になっていて…。慎吾とNANAの恋の行方は？

絶賛発売中！！

螺旋回廊
島津出水 著　南風麗魔 原画

大学で、心理学の助教授を務める佐伯祐司は、偶然『陵辱』をテーマとしたホームページをのぞいてしまう。まるで良心を持ち合わせていないような彼らの発言を見るうちに祐司は…。

奴隷市場
菅沼恭司 著　由良 原画

共和国軍の参謀キャシアスは隣国との戦争回避のため、使節として異郷の地に遣わされた。そこで彼は少女たちを売買する奴隷市場を見る。戸惑いながらも一人の少女に目を奪われ…。

傀儡の教室
英いつき 著　真木八尋 原画

好きでつきあい始めたはずなのに、なぜか彼を心から愛せない清夜。その原因を確かめるためにかけた自己催眠で彼女が見たのは、陵辱される過去の自分と友人たちの乱れた姿だった！

大好評『教室シリーズ』最新刊
傀儡の教室HAPPYEND
近日発売予定！！